코리아노마드 (KOREANOMAD)

평범한 그 한국인들은 왜 글로벌 떠돌이가 되었나?

코리아노마드(KOREANOMAD)

발 행 | 2020년 7월 16일

저 자 | 몽생미셸

펴낸이 | 한건희

펴낸곳 | 주식회사 부크크

출판사등록 | 2014.07.15(제2014-16호)

주 소 | 서울특별시 금천구 가산디지털1로 119 SK트윈타워 A동 305호

전 화 | 1670-8316

이메일 | info@bookk.co.kr

ISBN | 979-11-372-1219-0

www.bookk.co.kr

코리아노마드

몽생미셸 지음

CONTENT

프롤로그

국제변호사가 되겠다며 외국어 고등학교 시험을 준비하던 열여섯 여중생,

워킹홀리데이로 간 첫 외국, 미국의 버클리 대학 캠퍼스를 거닐며, 유학의 꿈을 키웠던 스물한 살 대학생,

해외특파원이 되고 싶어, 3년동안 언론고시 고행길을 걸었던 절박한 스물넷 취업준비생,

꼰대 공화국의 폭탄 공세에 치를 떨고, 해외 취업하겠다며 영국 유학길에 오른 무모했던 서른 한살의 나에게,

이 책을 바칩니다.

제**1**화 코리아노마드의 세계

세계적인 미디어 학자 마샬 맥루한(Marshall McLuhan)은 1970년대 초 "21세기 인류는 최첨단 전자기기를 갖추고 전세계를 떠도는 '디지털 유목민'이 될 것'이라고 예견했다. 독일의 미래학자 군둘라 엥리슈(Gundula Englisch)도 "21세기 인류는 일자리를 찾아 이 나라 저 나라를 떠도는 '잡 노마드'가 될 것"이라고 예고했다. 프랑스의 미래학자 자크 아탈리(Jacques Attali)는 아예 21세를 '노마드의 시대'로 규정했다.

군둘라 엥리슈는 그의 저서 '잡 노마드'에서 인류는 본래 자원과 안전을 찾아 이 곳 저 곳을 돌아다니는 유목 본능을 타고났지만, 국가의 형성과 산업사회의 도래와 함께 정착 생활을 영위해 왔다고 분석했다.

정착은 정부 차원에선 가족 단위의 정착 생활로 조세의 편의성을 높이고, 산업 및 기업 차원에선 조직 단위의 정착형 노동으로 생산성과 효율성을 극대화 시키며 우월한 삶의 방식으로 군림해 왔다.

하지만, 지난 1만여년 간 인류를 지배해왔던 '정착'의 개념은 종말을 예고하고 있다. 글로벌화(Globalization)와 정보(IT)혁명에 힘입어 국가 간 경계와 시공의 제약이 허물어지면서 인류의 잃어버린 유목 본능은 '호모 노마드'라는 신인류를 탄생시키며 부활의 전기를 마련하고 있는 것이다.

다국적 기업의 글로벌 오피스에서 다양한 인종과 문화적 배경의 직원들과 한 데 어울려 일 하고, 스마트폰, 태블릿 컴퓨터와 노트북을 들고 전세계 시장을 찾아 다니며 사업을 벌이는 디지털 비즈니스맨의 등장은 이제 더이상 새로운 뉴스가 아니다.

21세기형 '호모 노마드'는 이같은 공간적 이동을 뛰어 넘어, 지난 1만여년 간 인류 사회를 지배해 온 틀에 박힌 정착형 삶의 방식에서 벗어나 끊임없이 삶의 터전을 바꾸어 가는 창조적인 삶을 지향하며 진화를 거듭하고 있다.

세계 최고의 IT강국 중 하나인 한국에선 최첨단 전자기기와 일상이 접목된 '디지털 유목민'의 삶이 젊은이들의 삶 속에 뿌리 깊게 파고든 지 오래다. 어쩌면 그 어느 나라 보다도 한국인은 디지털 유목민의 삶에 가까이 맞닿아 있는 지 모른다.

몇년 전 인기리에 종영된 드라마 '응답하라 1994'의 한 대목처럼 '인류 최초로 아날로그와 디지털을 체험한 유일한 세대'라는 일명 '삐삐세대'를 시초로 한국의 2030세대들에게 노마드적 삶의 방식은 인생의 상당 부분을 이미 관통하고 있다.

어느덧 불혹이 된 필자 역시 이같은 흐름에서 벗어나지 않는다. 고등학교 시절부터 삐삐와 PC통신을 손쉽게 접했고, 대학교 1학년이던 1999년엔 '세상의 중심은 나, T'라는 광고문구와 함께 등장한 모 통신사 모바일폰의 주요 고객이었다.

노트북 컴퓨터와 무선인터넷, 휴대폰을 발판 삼아 사건 현장을 시시각각 뛰어다니는 취재 기자로 2000년대 후반기를 보냈고, 현재는 싱가포르에 위치한 다국적 기업에서 애널리스트로 일하며 '잡 노마드'로 살아가고 있다.

2001년 미국 워킹홀리데이, 2005년 스위스 인턴십, 2010년 영국 석사 유학, 그리고 2012년 싱가포르 해외 취업에 이르기까지…다양한 형태로 여러 나라를 떠돌면서 필자는 나와 닮은 수많은 한국 젊은이들을 접했다.

독특한 해외 방문의 기회를 스스로 발굴해 도전정신과 개척정신을 시험하고, 한국의 안정된 직장을 버리고 아무 기반도 없는 해외에 나와 공든탑을 다시 쌓아가는 '코리아노마드(KoreaNomad)'를 발견하게 된 건 그야말로 신선한 충격이었다.

실제로 한국산업인력공단 자료에 따르면 최근들어 해외취업자 수는 꾸준히 늘고 있다. 2009년 1,571명이던 해외취업자 수는 2011년 4,057명으로 세배 가까이 뛰었다. 연령별로는 2009년부터 2011년 사이, 해외취업자 가운데 29세 이하가 6,741명으로 가장 많았고 30-34세(1,560명), 35-39세(451명)이 뒤를 이었다. 40세 이상은 533명에 그쳤다. 해외취업자의 무려 94.3%가 2030세대였다. 성별로는 여성(4,989명)이 남성(4,296명)을 앞질렀다. 20-30대 젊은층과 여성층이 코리아노마드적 삶에 더욱 맞닿아 있다는 걸 엿볼 수 있다.

코리아노마드들은 실로 다양한 동기와 이유를 바탕으로 글로벌 떠돌이족의 대열에 합류했다. 그것은 역마살처럼 그저 돌아다니길 좋아하는 개인적인 취향일 수도 있고, 소위 부모

잘 만나 외국 물 좀 먹어본 글로벌하고 럭셔리한 상류층의 삶의 방식일 수도 있다. 하지만 다채로운 이들의 삶의 스펙트럼 속에는 지극히 한국적인 사회, 문화, 정치, 경제적인 공통분모가 오롯이 배어 있다.

1997년 IMF구제 금융위기와 2008년 글로벌 금융위기라는 경제 대재앙을 10년 주기로 체험한 한국의 젊은 세대들은 만성적 청년실업의 공포 속에서 꽃다운 청춘을 보냈다. 청년 백수 탈출을 위해서라면 '88만원 세대'로 일컬어 지는 척박한 일자리와 열악한 임금조건도 마다하지 않았던 이들 세대들에겐 '아프니까 청춘이다'류의 기성세대의 훈계와 위로는 전혀 도움이 되지 못했다.

대신 이들은 차별화를 위해 다양한 스펙 쌓기에 몰두했고, 해외 어학 연수, 해외 인턴십, 워킹 홀리데이 등의 해외체험 프로그램은 취업을 위한 필수 코스로 자리 잡았다. 이 과정에서 상당수의 대한민국 젊은이들은 국내를 떠나 해외를 떠도는 유목민적 DNA를 탑재하게 됐다.

정부가 청년미취업자 해결의 단골 대책으로 쏟아냈던 해외 연수 및 취업 프로그램도 코리아 노마드의 탄생에 불을 지폈다. 몇년 전 정부가 추진했던 '글로벌 10만 리더 양성 사업'도 이같은 맥락에서 시작됐다. 과거 특정 계층과 특정 직업을 가진 사람들에게만 가능했던 해외 체험은 국가의 세금으로 마련된 이같은 공공 프로젝트를 통해 대중화의 단계에 이르게 된다. 아울러 경직된 노동 시장 탓에 젊은층에게 양질의 일자리를 제공하는 데 실패한 정부가 청년 실업의 대안으로 해외 취업 장려책을 추진하면서 청년들의 해외 체험 기회는 점점 흔해졌다.

한국의 경상수지 흑자와 경제 성장에 힘입은 원화강세 시대의 도래는 과거 부유층의 사치재 혹은 기호품에 비견됐던 해외 여행을 보통재로 대중화 시켰다. 저가항공의 등장은 이를 가속화 했다. 이제 누구나 단 돈 몇 십 만원이면 값싼 비행기표를 끊어 해외 여행을 즐기는 시대가 됐다.

미국, 캐나다, 호주 등 저출산 고령화의 덫에 걸린 선진국들이 쏟아낸 청년층 이민 장려 정책도 코리아노마드의 등장을 재촉했다. 2009-2011년 사이 해외에서 취업한 한국인들 가운데 상당 수가 청년층 이민 장려책을 펴고 있는 호주(2,107명), 캐나다(1,489명), 싱가포르(291명) 등에 집중됐다.

21세기와 동떨어진 구태의연한 좌우 이념 대립과 정쟁으로 얼룩진 한국 정치에 환멸을 느끼고 탈정치화 단계에 이르른 일부 한국 청년층들은 '엑소더스(Exodus) 코리아'를 통해 탈출구를 찾기도 했다. 가부장적 조직 문화와 상명하복식 군대 문화가 남존여비의 유교문화와 만나, 가정은 물론 기업에까지 뿌리 깊은 한국 사회에서, 일부 젊은 2030 여성들은 외국으로 삶의 터전을 옮김으로써 돌파구를 찾기도 했다.

2030세대들에게 결혼이 필수가 아닌 선택으로 자리 잡고 싱글족과 비혼족이 늘어나면서 세계 각지를 떠도는 유목민적 생활 방식은 전보다 실현 가능성 높은 삶의 방식으로 자리잡았다.

K-POP과 한류 열풍은 한국적인 것도 세계 무대에서 성공할 수 있다는 가능성을 보여주면서, 글로벌 무대의 문을 두드리는 코리아노마드들에게 자신감과 희망을 불어넣어주는 심리적 기폭제가 됐다.

필자는 앞으로 지난 10년간의 해외 생활과 유년기 시절 경험을 통해 한국적 사회, 문화, 경제, 정치, 산업적인 요소들을 연결 짓고 분석하면서 새롭게 등장한 '코리아 노마드'가 누구인지, 나는 왜 글로벌 떠돌이의 삶을 살아왔는지 이 책에서 차례차례 이야기해 볼 계획이다.

.

제2화 개천의 용이 멸종된 한국,

코리아노마드가 꿈틀댄다

대부분의 사람들은 나의 직업과 경력을 듣고나면 으레 내가 금수저를 물고 태어난 귀한 집 자손이거나, 외국 생활을 오래한 교포일 것으로 짐작한다. 하지만 나는 토종이다. 그것도 한국의 중산층 기준인 '자산 6억원, 월 급여 500여만원'에 미달되는 '흙수저', 엄밀히 말하면 '동수저' 집안 출신이다.

그런데 어떻게 저런 직업을 갖게 되었을까. 그것도 누구나 가서 일하고 싶어하는 아시아의 금융 중심지, 싱가포르에서 억대 연봉을 받으며 미국 100대 다국적 기업의 수석 애널리스트로 일한다는 것은 가히 불가능에 가까워 보인다.

내 자랑이 아니다. 진부한 성공 스토리도 아니다. 왜냐면, 단순히 외국에 나와 큰 회사에서 일한다고 성공한 건 아니기 때문이다. 다만, 나는 이 책을 통해 세 가지 메시지를 전하고 싶다.

첫째, 지금이순간 세계 곳곳에는 '코리아 노마드'라는 신인류가 살고 있다. 둘째, 엉뚱한 꿈을 꾸는 자만이 이 '코리아 노마드' 대열에 합류할 수 있다. 셋째, 국가 간, 지역 간 임금의 격차에 따라 노동력이 이동한다는 경제학 가설로 설명되지 않는 복잡다단한 이유로 '코리아 노마드'가 탄생했다는 것이다.

나는 지금부터 자기자랑이나 성공 스토리가 아닌, 발상의 전환과 이단아적 도전정신이 만들어낸 새로운 길에 대해 얘기하고자 한다.

외국어 고등학교, 용쓰던 개천의 용

"수지야(가명), 지금 시험이 2달밖에 안남았는데…너는 붙기 힘들거 같다. 포기하는 게 낫겠어."

때는 1995년 여름. 중학교 3학년이던 나는 외국어고등학교 입학 시험을 준비 중이었다. 당시 우리 집은 아버지의 갑작스런 실직으로 생활고에 시달리고 있었다. 하지만 "넌 커서 뭐 하고 싶니?"란 질문을 들을때마다 내뱉었던 '국제 변호사'라는 꿈은 막연했지만 구체적인 도전으로 나를 이끌었다. 바로 외국어고등학교 진학이다.

하지만 도전은 쉽지 않았다. 빠듯한 살림살이에 허덕이던 엄마를 졸라 겨우 두달치 보습학원비 10여만원을 마련했다.

초등학교 때부터 악바리처럼 공부에 매달렸던 나인지라, 중학교때도 반에서 1-2등, 전교 5등 이내를 꾸준히 유지했던 나였지만 외고의 문턱은 높기만 했다. 이미 1-2년 전부터 보습학원 특별반에서 외고 입시를 준비했던 다른 아이들은 보기만 해도 숨이 턱턱 막히는 암호같은 수학 문제를 척척 풀어 냈다.

보습학원의 특성상, 정답을 맞히기 전까지는 집에 갈 수가 없었는데, 하루는 풀어도 풀어도 답이 보이지 않는 어려운 수학 문제를 붙들고 밤 10시까지 낑낑댔던 적이 있다. 선생님은 급기야 능력은 달리는 데 욕심만 앞섰던 나에게 제동을 걸었다.

"수지야…지금 시험이 2달밖에 안남았는데…너는 붙기 힘들 거 같다. 포기하는 게 낫겠어."

청천벽력 같았다. 순간 눈물이 핑 돌았다. 역시 안되는구나 싶었다. '그래…여기 아파트(당시 외고 입시 학원생 99%는 이 지역 부촌, 대규모 아파트 단지에 사는 '은수저' 내지 '금수저'를 물고 태어난 애들이었다.)에 사는 애들이나 갈 수 있는 게 외고였지. 나에겐 과분한건가?'

당시 내가 살았던 서울 서남부 지역 동네엔 보이지 않는 빈부의 격차가 존재했다. 소위 말하는 부잣집 아이들은 거의 대부분 아파트에 살았다. 난 길 건너 허름한 다세대 주택가에 사는 평범한 아이에 불과했다.

내가 4살이던 1983년 때 부모님은 전셋집에서 아이들 기죽이며 살기 원치 않으신다며 당시로선 부자의 상징과도 같았던 단독주택(응답하라 1988참고) 을 구입하셨다. 하지만, 우리집이 이 주택가에서 10년을 넘게 사는 동안 길 건너엔 대규모 아파트 단지가 들어섰다. 그 변화의 대열에서 제외 된 우리 동네는 서서히 슬럼화 되어갔다. 당시 우리집은 한 마디로 찢어지게 가난하지는 않았지만, 그렇다고 부잣집도 아니었다. 지금이야 누구나 아파트에 살고 있지만, 당시 90년대만 해도 아파트는 귀했고, 부자의 상징과도 같았다.

이같은 치기어린 빈부격차에 대한 인식은 아마 초등학교 때부터 시작됐던 것 같다. 1980년대에서 1990년대 시절, 친구들은 '아파트에 살아야 부자'라는 고정관념이 있었다. 실제로 당시 물가 수준에서 비쌌던 그 보습학원에 다니던 거의 대부분의 아이들은 대규모 단지 아파트에 살고 있었다.

하지만, 포기할 수는 없었다. 나의 꿈은 국제변호사다. 그 꿈을 이루는 첫 디딤돌이 바로 외국어 고등학교 진학이었기에.

난 어릴 때 경쟁심이 강했다. 한번은 중학교 교내 학예회에서 소위 아파트 출신의 한 아이가 발레를 하는 걸 보고 큰 충격에 빠졌던 적이 있다. 이름만 들어봤지 난생 처음 보는 발레 공연은 너무도 고급스럽고 예뻤다. 하지만 그 충격은 언제나 그랬듯 유년기 시절 샘이 많았던 나에겐, 노력의 연료가 됐다. '질 수 없지.' 난 그날 밤새 멋드러진 시화를 그렸다. 그걸 학예회에 출품해 최우수상을 받으며 응수했다.

이번에도 그랬다. '너는 안돼'라고 얘기하는 사람들에게 난 곰 같은 뚝심이 만들어낸 뜻밖의 성공을 보여주고 싶었다.

보습학원 선생님의 만류에도 불구하고, 나의 공부는 계속됐고, 어느덧 시험 전날이 다가왔다. 하지만 하필 그날 아빠는 실직의 고통을 술로 승화하려는건지, 거나하게 취해서 새벽 늦게 들어오셨다. 난 결국 밤잠을 설쳤다.

직장 생활 13년차가 되어서야 왜 그때 아버지가 술로 괴로움을 달래셨는지, 밥벌이가 얼마나 힘들고 치사한 것이며, 사회란 것이 얼마나 비열한지를 조금이나마 이해하게 되었다. 하지만, 질풍노도의 호르몬이 폭발했던 10대의 사춘기를 보내고 있었던 나에게 그런 아버지는 그저 닮기 싫은 실패자, 루저 그 이상도 이하도 아니었다. 난 아빠를 참 많이 미워했었다.

약주를 걸친 아빠의 늦은 귀가 탓에 시험 전날 밤잠을 설친 나는 자포자기한 심정으로 시험장을 찾았다. 엄마가 새벽부터 일어나 바리바리 싸주신 도시락 반찬도 목구멍에 걸려 넘어가지 않았다. "나 까짓게 무슨…외고는 사치다"란 생각이 앞섰다. 그렇게 패배주의에 쩐 상태로 꾸역꾸역 1교시, 2교시, 3교시 그리고 마지막 4교시 시험을 치렀다.

그래도 홀가분했다. 적어도 포기는 안했다. 남들의 만류에도 아랑곳하지 않고 묵묵히 최선을 다했다. 그렇게 아쉬운대로 외고 입학시험이 끝났다.

그리고 내가 외고 시험을 본 사실조차 까맣고 잊고 지내던 어느날. 담임 선생님의 호출을 받았다. '외국어 고등학교 합격.' 뜻밖의 횡재같은 결과였다. 그 해엔 유독 외국어 고등학교 입학 시험이 쉽게 출제됐다. 과도한 사교육을 방지하기 위한 정부의 정책적 고려에서 나온 파격적 출제라고 했다. 어찌됐든, 평이하게 출제된 입학시험 덕에 흙수저 내지 동수저 집안 출신인 나도 운 좋게 외고에 들어갈 수 있었다. 국제변호사의 꿈에 한발 더 다가가는 것만 같았다.

드디어 꿈에 그리던 외고 입학. 한동안 나는 세상을 모두 다 가진 기분이었다. 외고만 졸업하면 바로 국제변호사행 급행열차를 탈 수 있을 것만 같았다. 성취의 기쁨은 황홀했다.

하지만 승리의 기쁨은 오래 가지 못했다. 당시 사춘기의 절정을 지나고 있던 나는 난생 처음으로 노력으로도 메울 수 없는 '갭'이란 게 존재한다는 씁쓸한 현실을 맞닥들이게 됐다.

당시 내가 다니던 외고에서는 자신의 전공과 함께 중국어와 영어를 필수로 배우게 했다. 프랑스어과에 진학한 나는 전공인 불어와 함께 중국어, 영어를 집중적으로 배우게 됐다. 수업은 원어민 선생님이 진행하는 20여명 소수정예 반에서 진행됐다. 이론적으로 완벽한 여건이다.

하지만 얼마 지나지 않아 특수목적고에 대해 가졌던 나의 환상은 사라졌다. 이미 교실에는 불어와 영어, 중국어를 원어민 수준으로 구사하는 친구들이 3분의1이 넘었다. 그들의 유창한 발음에 주눅이 들면서 원어민 교사와의 대화 기회는 점점 줄어들었다. 나의 시험 점수는 50점이상을 넘지 못해 바닥을 기고 있었다. 어렵게 진학한 외국어고등학교는 외국어에 뜻을 품은 학생들을 육성하는 기관이라기 보다는 이미 외국어를 원어민 수준으로 구사할 줄 아는 친구들의 '놀이터'같은 곳이었다. 결국 첫 시험에서 반에서 7등을 했던 나의 성적은 2학년 초 무렵 40등 이하로 추락하고 말았다.

문화적인 충격도 만만치 않았다. 한번은 수학여행 장기자랑 시간이었다. 반 아이들 중 한명은 당시 유행하던 케니지 (Kenny G)의 '러빙유(Loving You)'를 색소폰으로 연주하는 장기를 뽐냈다. 단추 두어개를 풀어헤치고 새하얀 실크 셔츠 자락을 바람에 흩날리며 감미로운 색소폰 음색을 전하던 17살의 그 남자 친구의 모습은 중학교때 봤던 발레하던 친구 만큼이나 충격적이었다.

실제로 내가 다닌 외고에는 이름을 대면 알만한 준재벌가의 2세, 장관 딸, 외교관 아들 등 변호사나 의사 등 전문직은 물론 사회적으로 성공한 부모를 둔 아이들이 많았다. 아니, 대부분의 경우 중산층 이상의 상류층 자제였다고 해도 과언이 아니다.

이들에게 외국어는 어릴 때 살았던 나라에서 이미 습득한

언어였고, 외국어 고등학교란 비슷한 수준의 집안 배경과 경제력을 가진 부모를 둔 아이들끼리의 '구별 짓기'를 위한 사적 공간이었다. 나는 속았다는 느낌을 지울 수 없었다.

사춘기의 클라이맥스를 달리던 나는 점점 더 작아졌다. 나는 외고를 입학한 뒤 비로소 이 사회에 선명하고도 넘기 어려운 계층간의 두터운 벽이 존재한다는 것을 깨달았다. 우린 한 공간에 있었지만 서로 다른 세상의 사람들이었다. 내가 외고에 들어와서 배운 건 결국 컴플렉스밖엔 없었다.

나는 매일 아침 6시에 동네 아이들 몇명으로 구성된 사설 봉고차(미니버스)를 허겁지겁 올라타고 1시간30분이나 걸리는 외고까지 통학해야 했다. 밤 11시까지 진행된 강제 야자(야간 자율학습)는 나에게 고문의 시간이었다. '노력만 하면 뭐든지 해 낼 수 있다'고 자부했던 나의 자신감은 무너진 자존감과 덕지덕지 늘어난 컴플렉스, 먼지투성이의 자의식에 참패당했다. 한창 사춘기 여드름이 얼굴을 뒤덮고, 호르몬 과잉과 초민감 자의식이 절정을 달렸던 17살 여고생은 급기야 어렵게 들어간 외고를 제 손으로 버리기로 결심한다.

1997년 4월. A외국어 고등학교 불어과 수지는 일반고인 B여자고등학교로 전학을 선택했다. 명목상으로는 에어컨 설치를 위한 부담금 40만원을 비롯 한달 수십만원에 달하는 비싼 학비를 대기에 쪼들렸던 가정 형편, 비교내신제의 폐지로 받을 게 뻔한 대학입시 불이익 때문이었고, 실제로는 나의 사춘기를 뼈아프게 관통했던 계층의 벽과 상대적 박탈감에 패배하고 싶지 않았기 때문이었다.

더 자세히 얘기하면, '노력하면 뭐든 이룰 수 있다'고 믿었던 나의 자존감이 너무 일찍 현실의 벽에 부딪혀 산산이 부서지지 않도록 하기 위해 17살이 선택한 최소한의 방어기제였다. 외국어고등학교 라는 외계의 공간에는 개천에 사는 용들이 아무리 용을 써도 따라잡을 수 없는 엄청난 격차가 존재했고, 나는 너무 일찍 그 패배를 받아들이고 싶지 않았다.

당시 내가 느낀 패배주의는 최근 경제협력개발기구(OECD)가 발표한 조사 보고서에서도 여실히 나타난다.

OECD에 따르면, 각국에서 사회·경제·문화적 배경 수준이 하위 25%에 속하는 학생 가운데, 자신과 비슷한 배경을 가진 전 세계 학생 중 상위 25%에 해당하는 성적을 받은 경우를 '회복력 있는 학생(resilient students)'로 규정하는데, 이처럼 '개천에서 난 용'의 비중이 한국은 지난 2006년 43.6%에서 2015년 40.4%로 3.2%포인트 줄었다. 반면 OECD 국가 평균은 같은 기간 27.7%에서 29.2%로 1.5%포인트 올랐다. 일본은 2006년 40.5%에서 지난해 48.8%로 8.3%포인트 증가해 1위였다.

한국은 점점 '개천의 용'들이 살기 어려운 곳으로 변하고 있다. 하지만 이는 역으로, 이 땅의 수많은 개천의 용들이 코리아노마드(KOREANOMAD)로 꿈틀대는 하나의 중요한 동력이 되었다. 나처럼 말이다.

제3화 나는 행복한 외국인 노동자

1948년 10월 30일. 대한국민항공사(KNA·대한항공 전신) 소속 민간 단발 경비행기 한 대가 서울을 떠나 부산으로 떴다. 이 소형기 날갯짓 이후 68년이 지나고 한국은 연간 항공 여객 1억명 시대를 맞이했다. 국토교통부에 따르면 2016년 국내 항공 여객은 1억379만명으로 최초로 1억명을 돌파할 것으로 분석됐다. 2010년 이후 본격적으로 사세를 확장한 저비용항공사(LCC)가 저가 수요를 끌어올렸고…

이 신문기사 내용처럼, 저가항공의 등장과 해외 여행의 보편화는 이 땅의 수많은 '흙수저'들에게도 외국을 경험할 수 있는 문을 활짝 열어주었다. 특히, 정부와 민간이 후원하는 다양한 해외체험프로그램의 등장은 해외 여행을 사치재에서 보편재로 바꾸는 기폭제가 됐다. 나도 그 수혜자 중 하나다.

2001년 내가 대학교 3학년이던 시절, 내가 다니던 대학교 캠퍼스에선 1년짜리 해외 어학연수와 1달짜리 유럽 배낭 여행이 선풍적 인기를 끌었다. 한국의 왠만한 중산층 가정에선 이 정도의 지원은 아이들에게 해주는 것이 거의 불문율처럼 되다시피 했다.

하지만, 이 또한 나같은 흙수저 내지 동수저들에겐 그림의 떡. 대신 나는 외국을 경험할 수 있는 다른 저렴한 방도들을 찾기 시작했다.

당시, 흙수저들에겐 값비싼 어학연수나 배낭여행의 대안으로 떠오른 것이 바로 워킹홀리데이 프로그램이었다.

나는 오랜 정보수집 끝에 직접 일자리를 구해야 하는 호주 대신 일자리 알선 후 현지에 파견되는 미국을 택했다.

비행기표와 수속비, 에이전트 피가 모두 포함된 300만원을 내고 난 미국, LA행 비행기에 올랐다. 난생 처음 비행기를 타고, 하늘에서 지구를 바라본 기분은 아찔했다.

착륙 직전 비행기 창문으로 내려다 보이는 미국 LA 주택가의 모습은 마치 동화같았다. 알록달록한 지붕과 따뜻한 색감의 벽면, 아름드리 나무들로 꾸며진 도시는 비현실적이었다. 나는 순간, 꿈을 꾸는 듯한 기분에 취했었다.

나는 미국 네바다주(Nevada)에 있는 요새미티 국립공원 내 고급 숙박시설인 어와니(Ahwahnee) 호텔에 인턴으로 취직이 되어 가게 됐다. 영어가 짧은 이유로, 그때 함께 갔던 한국인 10여명은 모두 호텔 방을 치우는 하우스키핑(Housekeeping) 보직으로 배정이 됐다.

난생 처음 해보는 노동이었지만, 꽤 재미있었다. 우리의 주요 업무는 'making bed'. 새하얀 침대 시트 한장으로 매트리스를 감싸고, 나머지 두 장 사이에 담요를 넣은 뒤 이불을 만드는 작업이다. 하루에 우리가 맡은 객실은 최소 10개. 각 방마다 엄청나게 무거운 킹 베드 매트리스를 두 채씩 도맡아 침대보를 끼우고, 바닥을 청소기로 밀고, 어지러진 방을 정리하는 작업은 매우 고됐다.

하루는 격무에 지쳐 한밤중에 쌍코피가 터지기도 했다. 하지만 미국에서의 노동자 생활은 괴롭다기 보단 신선했고 설레고 즐거웠다. 난 어릴 때 '젊어서 고생은 사서도 한다'는 말을 마치 숙제처럼 들고 다녔었다. 동수저 집안 출신이었지만 꽤 잘했던 공부 탓에 나는 대체로 곱게 자랐기 때문이었다.

하지만 매일 10개씩 호텔 방만 하루종일 치우다 보니 막상 우리의 주요 목적인 해외 문화 체험과 어학 연수의 기회가 부족했다. 같이 갔던 몇명의 친구들을 중심으로, 다른 지역에 가서 직접 다른 일자리를 구해보자는 의견이 나오기 시작했다.

당시 요새미티 국립공원에는 먼저 도착한 한국인들을 비롯해 총 30여명의 한국 대학생들이 일하고 있었는데, 영어가 짧다는 이유로 한국인들만 집중적으로 영어 사용이 거의 필요 없는 방청소 보직을 받은 것이 가장 큰 불만이었다. 비교적 영어가 되는 멕시코, 브라질, 페루 등 남미에서 온 대학생들은 상점 캐셔(Casher)나 스키리조트 강사, 리프트 안전요원 등으로 취업이 돼 우리보다 좋은 '꿀보직'에서 일하고 있었기 때문.

당시 내가 이용한 비자는 J-1 비자라고, 미국에 문화 교류나 학술 등 단기 방문을 목적으로 최장 6개월을 거주할 수 있는 것이었는데 단기 취업도 허용하는 종류였다. 이에 의기투합한 10여명의 한국인들은 요새미티 국립공원에 과감히 사표를 던지고 멘땅에 헤딩하는 모험을 시작한다.

우리는 하루 30불에 렌트카를 빌려서 근처 카지노의 도시인 리노(Reno)를 시작으로 구직 활동을 시작했다. 하지만 쉽지 않았다. 라스베이거스와 주변 소도시를 죄다 돌았지만 인터뷰 한번 보자는 곳이 없었다. 마지막 지푸라기라도 잡는 심정으로 카지노 호텔들이 몰려있는 또다른 소도시인 사우스 레이크 타호(South Lake Tahoe) 라는 곳에 다다랐다.

나는 하라스(Harrah's) 라는 카지노 호텔에 무작정 이력서를 들고 찾아갔다. 다행히 나를 포함, 몇몇 영어로 소통이 가능한 한국 친구들이 인터뷰 기회를 얻을 수 있었다. 호텔 직원들은 갑작스레 들이닥친 동양인 20대들을 신기해 했다. 30분여의 인터뷰 끝에 나와 다른 한명의 친구는 하우스키핑으로 취업이 되었다. 21살 평생 처음 하는 취업이었다.

J-1 비자가 만료되기 직전에 간신히 일자리를 구함에 따라 미국에서 합법적으로 체류할 수 있는 기회를 얻었다. 아쉽게도 보직은 그전과 같이 호텔방을 청소하고 침대보를 씌우는 막노동이었지만, 요새미티 국립공원에 갇혀서 세상 구경을 못하고 지내는 것보다는 낫다는 생각이 들었다. 절반의 성공은 거둔 셈이었다.

문제는 나머지 5명의 친구들이었다. 이 친구들은 일주일 내에 새로운 일자리를 구하지 못하면 미국에서 불법체류자 신세로 추방 당할 위기에 처했다. 우리는 모든 에너지를 총동원해 주변 호텔은 물론 레스토랑까지 샅샅이 돌아다니며 일자리를 찾아 헤맸다.

거의 자포자기한 심정으로 인터뷰 요청이 오기만을 기다리던 어느 날, 하라스 호텔 바로 옆 포시즌스(Four Seasons) 호텔에서 Busser(식당에서 음료 등을 서빙하고 치우는 직업)를 구한다는 연락을 받았다. 알고보니 그 식당에서 일하는 한국계 미국인 주방장의 도움이 컸다. 가까스로 멘땅에 헤딩하듯 요새미티를 탈출한 한국인 10여명은 모두 합법적으로 미국에서 일을 할 수 있게 되었다.

한달여가 지난 뒤, 나는 포시즌스호텔 레스토랑 Busser 자리가 공석이라는 정보를 얻고 그쪽으로 '이직'까지 하게 됐다. 당시 미미(Mimi)라는 이름으로 근무했던 나는 아시안 불모지나 다름 없던 미국의 시골 마을, 사우스 레이크 타호에서 새 출발을 시작했다.

주중에는 레스토랑에서 일을 하고 주말에는 남미 친구들의 도움(?)을 받아 스키장 리프트 1회권을 시즌권처럼 재사용하며 공짜 스키를 즐겼다. 휴가때는 렌트카를 빌려 미국 서부 곳곳을 여행했다. LA, 샌프란시스코, 라스베이거스, 리노 등 안 가본 곳이 없을 정도로 열심히 돌아다녔다.

비록 3D 밑바닥 직업이었지만, 시급 2500원과 팁으로 매일 평균 받은 200불 가량의 돈은 한달에 최소 250만원 가량의,

당시로선 꽤 큰 돈을 손에 쥐게 해주었다. 사고 싶은 것, 먹고 싶은 것, 가보고 싶은 곳 등 스물한 살이 즐길 수 있는 모든 것과 자유를 만끽하며 행복한 외국인 노동자로 6개월을 보냈다.

20년이 지난 지금도 내 평생에서 가장 행복했던 순간을 꼽으라면 난 주저없이 이때를 떠올릴 것이다.

딱히 대단한 것도 아닌 한국에서의 사회적 지위, 개천에서 용 난 SKY 명문대생, 그리고 앞으로도 개천에서 용 나야 할 번듯한 커리어를 꿈꾸며 정해진 길위에서 사투를 벌일 나.

사회적으로 정의 내려진 자의식을 벗어던지고, 미국이라는 자유의 땅에서 나는 밑바닥부터 시작했다. 내 힘으로 일을 구하고, 내 힘으로 집을 구하고, 내힘으로 정착을 하고 적응해나가며 그 속에서 삶의 소소한 행복을 느꼈다.

나는 비로소 난생 처음으로 '자유'라는 걸 느꼈다. 나는 공부를 잘 하니까. 비록 개천에서 난 용일 지라도 성공하고 출세해야 한다는 강박에서 벗어나 '어차피 이방인'이라는 내려놓음으로 시작해 점차 일구어 나가는 삶. 나쁘지 않았다. 신선하고 가슴 뛰었다.

급기야 나는 6개월간의 J-1 비자 프로그램이 종료되는 시점에 체류 연장을 목적으로 캐나다로 건너가 모아놓은 돈으로 어학연수를 하고 대학교에 편입해 본격적으로 이민 생활을 시작해야겠다는 결심까지 하기 이른다.

그러던 어느날, "Mimi, your mom has called. (미미, 너희 엄마한테 전화왔어.)" 당시 집을 쉐어하던 페루 친구가 대뜸 엄마한테 전화가 왔다며 나를 찾았다.

엄마는 내가 무려 두 달이나 집에 전화를 안 하자, 워킹홀리데이를 주선한 여행사와 우리들을 감시하는 미국 이민국 직원까지 수소문해 내가 묵던 집 전화번호를 알아내 날 찾아냈다.

21년만에 세상 구경을 하고 자유인이 되었던 미미는 이렇게 덜미를 잡히고 만다. 엄마는 딸의 엉뚱한 이민 계획을 만류하려 한학기 등록금까지 미리 납부하고, 수강신청까지 본인 취향대로 해 놓으시고는 "학비 날리고 F맞고 싶으면 마음대로 해!"라며 최후통첩을 날렸다. 결국, 나는 "어렵게 들어간 학교는 졸업해야 한다"는 엄마의 만류를 이기지 못하고, J-1비자가 만료될 무렵이던 2001년 4월, 강제로 귀국하게 됐다.

지금도 문득 이런 상상을 한다. 만약 그때 돌아오지 않고 캐나다로 넘어가 스스로 삶을 개척해 나갔다면 나는 지금쯤 어디서 무얼 하고 있을까.

21살이던 내가 느꼈던 자유와 행복, 스스로 삶을 개척해 나가는 모험정신과 도전정신. 남들이 가지 않은 길을 용기있게 선택했던 무모한 대범함. 차라리 이방인이었기에 벗어 던질 수 있었던 정형화되고 서열화된 한국식 삶의 굴레. 본전생각 나게 만드는 어중간한 사회적 위치. 그런 한국 사회에 대한 염증. 그걸 박차고, 가지 않은 사막 위에 내 발자국 하나 남겼을 때 느꼈던 짜릿한 희열. 나는 이런 것들이 내 인생을 지금까지도 전세계를 떠도는 '코리아 노마드'로 이끈 단초가 되지 않았나 싶다. 그리고 아마 나와 비슷한 다른 코리아 노마드들도 그러했을 것이라 짐작해 본다.

제4화 백수의 돌파구, 스위스는 예뻤다

최근 읽었던 기사 중 흥미로웠던 것 중 하나는 대학 졸업 후 3년이 지나면 입사 서류 통과 확률이 10%도 안된다는 내용이다.

학벌과 학점, 어학 성적 등 스펙이 뛰어나도 졸업 후 공백이 길면 대기업과 공기업 등 '괜찮은 일자리'를 얻기 어렵다는 정부 연구 기관의 조사 결과가 나왔다. 국내 매출액 상위 500대 기업 중 100군데 인사 담당자를 설문한 결과, 대기업 인사 담당자들이 서류 전형에서 가장 중시한 것은 졸업시점이었다. 졸업한 지 3년이 넘으면 학점이 4.0을 넘더라도 서류 통과율이 7.8%에 불과했다.

2005년 3월 다행히 대학을 졸업한 지 일 년이 채 안된 시점이었지만, 나는 학점이 4.0을 넘지 못해서였는지 서류 통과율이 10%를 밑돌았다. 100개를 넣으면 고작 10군데 정도에서 필기시험을 보라고 연락이 왔으니 말이다.

대학생 시절 오랜 꿈이었던 국제변호사가 되려면 최소 1-2억 원이 드는 로스쿨 유학길에 올라야 한다는 현실을 깨달은 뒤, 난 방향을 틀어 언론사 기자를 준비하고 있었다.

2001년 6개월간 미국에서 워킹홀리데이를 한 탓에 졸업이 1년 반 늦어진 나는 친구들 대부분이 캠퍼스를 떠난 2004년 8월 Y대학교 인문학부를 졸업하게 됐다.

취업의 문턱은 높기만 했다. 각고의 노력에도 나는 번번이 기자 시험에서 고배를 마셨다. 기자 수험 기간이 길어질수록 자신감은 없어지고, 삶에 비관적으로 변해만 갔다.

노력하면 뭐든 이룰 수 있다던 나의 신념은 공허한 메아리처럼 맥을 못 추기 시작했다. 친구들이 하나둘씩 삼성이다, LG다… 대기업에 합격할 때마다 나의 자괴감은 극에 달했고, 급기야 나는 대학교 졸업식에도 불참했다. 이유는 단 하나. 내가 백수이기 때문이었다. (나는 그때 학사모를 쓰고 부모님과 졸업 사진을 찍지 않았던 것을 두고두고 후회하고 있다.)

기자 수험 생활을 시작한 뒤, 나는 여러 스터디를 전전했다. 내가 살던 곳 동네 도서관은 나의 근무지나 다름없었다. 일주일에 2-3팀의 스터디에 참여해 백수탈출의 의지를 활활 불태웠다. 하지만 야속하게도 100개의 서류를 넣으면 고작 10개의 언론사나 방송사에서 필기시험 기회를 줬다. 그마저도 필기시험을 합격한 곳은 5곳도 안됐다.

2003년 초에 시작된 언론고시의 자갈 길은 2004년 8월 대학을 졸업 한 지 한참 후인 2005년 3월까지도 끝나지 않았다. 만 3년 차 장수 언론고시생인 셈이다.

나의 험난했던 언시생 생활은 10번째 최종면접에서 쓴잔을 마시면서 급기야 브레이크가 걸렸다.

나는 모 중앙일간지 서류에 통과한 뒤, 필기시험, 1차 면접을 거쳐 당당히 2박 3일 일정의 2차 면접에까지 이르렀다. 그 언론사에서는 2차 면접에 총 20여 명의 후보를 초청해 발표, 토론, 술자리 면접 등 다양한 평가를 진행했다.

나는 발표를 위해 '탑골공원 성역화로 갈 곳을 잃어버린 노인들'을 취재한 다큐멘터리 영상까지 만들었다. 다행히 2차 합숙 면접까지 통과, 마지막 임원면접만이 남은 상황이었다.

그동안의 길고 긴 2년여간의 언론고시 생활이 끝나가는 것만 같았다. 나는 사장과 임원 3명이 참석한 최종면접에서 그동안 썼던 논술과 작문 등 100여 편의 글이 담긴 원고지 뭉치를 꺼내 들며 "열심히 하겠습니다."를 외쳤다.

하지만 너무 힘이 많이 들어가 부담스러웠던 탓일까. 그들은 나를 뽑지 않았다. 모 언론사 낙방 통보를 받던 그날. 나는 무작정 고속버스를 잡아 타고 포항으로 내려갔다. 아무 연고도 없는 곳이었다. 그때 숙박비를 아끼려 들어간 찜질방에서 불가마처럼 끓어오르던 그 타들어가던 방에서 혼자 흐느껴 울었던 때를 생각하면, '이게 바로 지옥 불구덩이구나' 싶었던 것 같다.

'100번의 지원서. 30번의 필기시험. 10번의 최종면접. 그리고 0번의 합격.'

10년이 훨씬 지난 요즘에도 청년백수가 심각한 사회문제로 거론되고 있지만, 당시에도 청년백수 문제는 해결의 실마리가 보이지 않는 난제 중의 하나였다.

난 더 이상 지원서를 쓸 수 없었다. 내가 쏟을 수 있는 모든 에너지를 다 쏟아부었다는 판단이 들어서였다. 그때 나를 패배주의의 나락에서 건져낸 건 '해외시장개척요원'이라는 정부 프로그램이었다. 친구 소개로 우연히 알게 된 그 프로그램을 통해 난 세상은 넓고 아직 도전할 기회는 많다는 희망의 씨앗을 발견했다. 중소기업청은 해외 무역 활성화와 미취업 청년 실업자들의 취업 장려를 위해 지난 2004년부터 2005년 상반기까지 해외시장 개척 요원 1779명을 전 세계 20여 개국에 파견했다.

3개월 간의 해외 체류 기간 동안 우리나라 중소기업의 상품을 현지에 홍보하고 수출을 장려하는 이 프로그램에는 당시 커다란 사회 문제로 떠올랐던 청년 미취업자들이 대거 지원했다. 실제로 대학 졸업예정자나 대학 졸업자로 구성된 미취업자 요원은 전체의 65%인 1,156명을 차지할 정도였다.

당시 언론에서는 해당 프로그램이 미취업자들의 어학연수나 해외 관광용으로 악용되고 있다며 혈세 낭비, 운영 허술이라는 지적을 퍼부었지만, 나는 개인적으로 이때의 경험이 큰 자산이 되어 내가 취업을 포기하지 않고 끊임없이 도전할 수 있도록 만든 자양분이 되었다고 생각한다.

내가 맡은 품목은 경북의 한 대학교 산하 중소기업이 만든 애완용 세정제품이었다. 4주간의 무역 관련 실무 교육과 업체 현장 실습을 마친 뒤 나는 스위스 취리히에 있는 KOTRA 무역관으로 파견됐다.

난생처음 가 본 유럽의 도시는 지적이고 세련되었다. 스위스 독일어를 사용하는 취리히에서 적응하느라 처음에는 좌충우돌하는 실수도 연발했다. 하루는 아침거리를 사러 마트에 갔는데, 오븐에 구워 먹는 피자용 밀가루 반죽(Dough)인 줄 모르고, 딸기와 생크림 등으로 꾸며진 포장지만 얼핏 보고는 생크림 딸기 롤케이크로 착각해 구입해 낭패를 보기도 했다.

한 번은 스위스 취리히 외곽에 있는 업체에 방문해 바이어를 만나기로 했는데, 갑작스럽게 복통이 찾아와 길 한복판에서 쓰러질 뻔 한 아찔한 경험도 있다.

스위스 취리히 무역관이 주최한 한국 무역 전시회에서 아토피 등 피부질환 치료 효과가 있는 어린이용 스킨케어 제품을 바이어들에게 홍보하고 통역과 번역을 담당하기도 했다.

2년여의 긴 도전에도 불구하고 나에게 직장인 타이틀을 허락하지 않았던 언론고시의 문턱에서 좌절했던 나는 해외에서 한국 제품을 홍보하고 무역을 장려하는 활동을 통해, 예비 직장인으로서의 삶을 엿보는 한편, '할 수 있다'는 자신감도 재충전하게 됐다.

비록, 당시 언론에서 꼬집었듯이 나의 활발한 시장 개척 활동이 실제 무역 거래로 이어지진 못했지만, 대신 이때의 경험은 더 이상은 나아가지 못할 것 같았던 무기력한 청년백수에 불과했던 나에게, 아직도 가보지 않은 새로운 길이 있다는 희망의 불씨를 보여줬다.

그리고 이때 취리히에서 만난 다양한 국적의 친구들은 이 세상에 스스로 꿈과 직업을 개척하고 국경을 초월해 살고 있는 다양한 인종과 국적의 '잡 노마드'들이 존재한다는 사실을 알게 해 줬다.

당시 만난 친구 중 지금까지도 만남을 이어오고 있는 친구 중에 중국계 말레이시안 출신의 이브(Eve)가 있다. 이브는 유년기 시절부터 해외에 살았다. 쿠알라룸푸르 출신인 그녀는 싱가포르에서 중학교와 고등학교 시기를 보냈다. 영국 브리스톨 대학교에서 학사를 마친 뒤엔 영국의 EY(언스트 앤 영)에서 컨설턴트로 사회에 첫 발을 내딛고 스위스 취리히의 Goldman Sachs(골드만삭스)로 이직했다. 취리히에 5년째 살고 있던 그녀는 그곳에서 한국계 미국인인 존(John)을 만나 결혼한 뒤 현재는 골드만삭스 도쿄 오피스에서 부사장으로 근무하고 있다.

싱가포르 출신인 앤디(Andy)는 답답한 섬나라인 싱가포르를 벗어나고 싶어 스위스에 왔다고 했다. 독특한 싱글리쉬 (Singlish) 억양을 갖고 있던 앤디는 IT 엔지니어로 10년째 독일계 다국적 기업에서 근무하고 있다고 했다.

홍콩 출신인 데이빗은 유럽에 살고 싶어, 영국에서 의과대학을 졸업한 뒤 런던에서 가정의학과 의사로 근무하고 있었다.

이들처럼, 이미 세상에는 다양한 이유와 목적으로 일찌감치 해외에 나와 일하고 있는 수많은 노마드들이 있었다. 나는 그들을 통해 내가 그동안 한국의 바늘구멍만 한 길에만 집착해 온건 아닌가 하는 생각을 했다. 한국의 수많은 취업준비생들이 그렇듯이 말이다.

민생이 속절없이 무너지면서 청년들은 청춘의 꿈을 고시촌 쪽방에 저당 잡힌 채 잿빛 미래와 힘겨운 싸움을 벌이고 있다. 저성장의 장기화 속에서 대기업으로 가는 바늘구멍은 갈수록 좁아지고 입성 기준은 갈수록 까다로워지고 있다. 11월 청년 (15-29세) 실업률은 8.2%, 11월 기준으로 외환위기 직후인 1999년(8.8%) 이후 17년 만에 가장 높은 수치다. '취업 잔치'에 초대받지 못한 청년들은 노량진으로 몰려간다. 재수생의 성지였던 노량진은 이미 공시생(공기업 시험 준비생)의 성지가 된 지 오래다. 25만 명에 이르는 전체 공시생 중 5만 명이 노량진에 터 잡은 채 힘겹게 합격의 꿈을 이어가고 있다. 지난 10월

의 지방직 공무원 7급 공채 경쟁률은 122대 1에 달했다. 4월 치러진 국가직 9급 공채(4120명)에는 22만 1853명이라는 역대 최대의 지원자가 응시했다."적어도 이 시험은 공평하죠. 몇 점 이상은 합격, 그 이하는 탈락. 부모의 재력이나 학벌, 외모 등 다른 요인들이 개입될 여지가 없어요."—중앙일보

나도 한때 열리지 않는 취업의 문턱에서 좌절하고, 공무원, 공기업 등을 준비한 적이 있다. 다른 한국의 수많은 취준생들이 그랬듯이 말이다. 하지만 대학생 중 83% [4] 가량이 선택한 이 길 대신, 나는 이때부터 '코리아 노마드'의 길을 꿈꾸게 됐다. 길이 없으면 만들면 그만이다.

제**5**화 꼰대공화국과 폭탄주공장

스위스 인턴십을 마치고 돌아온 뒤인 2006년 1월. 나는 꿈에 그리던 언론사 기자 시험에 합격한다. 기자 시험을 준비한 지 만 3년 만의 눈물 나는 결실이다. 100번의 지원서, 30번의 필기시험, 10번의 최종면접 끝에 고작 1번의 성공을 거둔 성적표는 기쁘면서도 피로했다.

나는 모 신문사에서 그토록 바랐던 기자로 새내기 직장인의 첫 발을 내디뎠다. 하지만 신입 기자가 되기 위해선, 빡빡한 수습기자 6개월과 폭탄주 문화를 이겨내야 했다.

수습기자 교육은 언론재단에서 받는 기자 연수를 포함해 총 6개월가량이 걸리는데 다행히 경제지 기자인지라 혹독한 '경찰기자' 일정은 없었다.

보통 기자가 되면 6개월간 경찰서에서 노숙자처럼 숙식을 해결하며, 사회부 사건 사고 기사를 취재하고 기사를 쓴다. 시체 사진을 보거나 실제로 사망 사건일 경우 시체를 두 눈으로 보는 경우도 허다하다.

아무리 경제지 기자지만 언론재단 기자 연수 과정에 포함된 국립과학수사연구소 시체 부검실 견학은 피해 갈 수 없었다.

서울 양천구 신월동에 위치한 국과수 빌딩은 입구부터 음산함이 가득했다. 드디어 시체 부검실. 시체 썩는 냄새가 바로 이런 건가. 하지만 막상 진짜 시체를 실물로 보니 두려움보다는 비현실적이라는 생각이 더 들었다. 두 개의 침대 위에 나란히 누워있던 시체 2구는 죽은 이의 시신이라기보다 차라리 마네킹 같았다.

국과수 연구원들은 시체의 두개골을 반으로 자르고 장기를 꺼내 믹서기에 돌리는 등 섬뜩한 업무를 하고 있었다. 하지만 이들의 남다른 노고 덕에 과학수사가 가능하고 억울하게 죽은 피해자들이 억울함을 해소할 수 있다. "꼰대들을 피하라" - 이직을 가장한 탈출

결국 난 첫 언론사의 혹독한 술 문화를 견디지 못하고, 기자 2년 차이던 시절 다시 신입기자 시험을 치르고, 술 문화가 덜 혹독한 경쟁사로 이직 겸 대피를 하게 된다.

'중고 신입'으로 제2의 기자생활을 시작한 두 번째 직장에서는 다행히 술 마시기를 거부한다고 '저세상 텐션, 4차원, 돌아이' 소리를 들으며 미운털이 박히는 일은 없었다.

운 좋게 좋은 데스크(부서장)를 만나 여자 신입 기자 최초로 전통적 남초 부서인 산업부에 배정받는 영광(?)도 안게 됐다. 당시 2007년만 해도 각 언론사들이 기자 10을 뽑으면 그중에 여자는 고작 1-2명이었다. 게다가 여기자들이 언론사에 들어가 가장 많이 배정받는 첫 부서는 유통부, 국제부, 문화부 등 비교적 덜 힘든 곳들이었다. 그렇기에 신입 여기자 최초로 여성 불모지나 다름없었던 산업부에 배정받은 건 당시만 해도 파격적 인사였다.

나는 산업부에서 해운, 항공, 조선, 철강, 시멘트 등 소위 말하는 '굴뚝산업'을 처음 담당하게 됐다. 평택항에 직접 찾아가 줄어드는 중국향 물동량을 우려하는 현장 스케치 기사[1]를 쓰고, 강원도 삼척의 시멘트 공장에 혼자 찾아가 쓰레기로 디젤유를 만들어 내는 '쓰레기의 재탄생'[2]이라는 피쳐 기사도 썼다. 또 당시만 해도 항공사의 신성장동력으로 통했던 기내 면세점 사업 매출이 국내선 매출을 역전했다는 참신한 기획 기사도 썼다.

번뜩이는 아이디어와 취재력이 인정을 받으면서 나는 급기야 여기자 최초로 산업부의 꽃이라 불리는 자동차팀으로 배정받기에 이른다. 덕분에 글로벌 BMW사의 초청으로 독일 프랑크푸르트에 있는 공장인 'BMW WORLD'에도 가보고 드레스덴에서 신차 BMW 7 시리즈를 타고 아우토반을 시속 200KM로 질주하기도 했다.

쌍용자동차 사태가 터졌을 때는 시승차로 받은 벤츠 E클래스를 타고 서울과 평택을 하루가 멀다 하고 오가면서 언론사 최초로 쌍용차 사태를 비중 있게 보도하며 승승장구를 거듭했다. 이 정도면 성공인 것 같았다.

어느덧 2년여간의 화려한 산업부 생활을 마치고 기자생활 5년차. 중견기자로 잔뼈가 굵어 가려던 때에 돌연 국제부로 발령이 났다. 2008년 금융위기, 돼지독감, 글로벌 자동차, 전자산업의 합종연횡, 각국의 국가 부채 위기 등을 취재하면서 글로벌 감각을 서서히 키워가던 무렵.

문득 어린 시절 그렸던 3가지 꿈 중에 '기자'가 포함되었던 진짜 이유가 떠올랐다. 유년기 나의 꿈은 변호사, 기자, 건축 디자이너였는데, 이 가운데 기자가 되고 싶었던 가장 큰 이유는 바로 해외특파원이 되고 싶었기 때문이었다. 국제부에서의 지루하지만 알찬 시간들이 오로지 취업과 언론고시 합격을 향해 앞만 보고 달려온 나에게 쉼표를 찍어주었다.

하지만 분명 기자의 현실은 해외특파원과는 거리가 멀었다. 해외 특파원은 이런 숨찬 기자 생활이 15년간 무르익어 와인과 같은 풍미를 낼 때 비로소 가능한 먼 훗날의 안식년 같은 것이었다. 어린 시절 막연한 꿈이었지만 열렬히 바랬던 해외특파원. 나는 바깥세상을 보고 싶다는 욕망으로 터질 것만 같았다. 난 그때부터 늦었지만 그토록 바랬던 유학을 준비하기 시작했다. 때는 2009년 내가 서른이 되던 해였다.

그런데 5년여간 기자생활을 하면서 한 가지 발견한 것이 있다. 대한민국의 중심에는 아저씨와 할아버지들이 있으며, 한국의 사회라는 곳은 아줌마와 할머니를 찾아보기 어려운 곳이라는 점이었다. 그도 그럴 것이 기자 초년병부터 유통부, 산업부, 국제부, 사회부를 거치며 만나온 기업인들과 직원들의 대부분이 30대에서 50대까지의 아저씨 혹은 그 이상의 할아버지들이었다. 대한민국을 이만큼 부강하게 하고 번성하게 한 뿌리에는 항상 그들이 있었다.

하지만 그것은 역으로 대한민국이 뼛속까지 남성 중심적인 사회이며, 나쁘게 말하면 상명하복과 위계서열, 마초적인 군대 문화가 상식으로 통용되는 '꼰대 공화국'이라는 증거였다. 이들을 비하하자는 것이 아니다. 다만, 내가 5년여간 겪었던 한국의 사회생활은 폭탄주 10잔을 강요받았던 술자리만큼이나 마초적이며, 수직적이었고, 열외를 인정하지 않는 매일이 최전선인 군대와 같았다.

비교적 여성스러운 외모를 지녔던 20대 후반의 나를 그들은 '귀여움' 내지는 '당참'의 이미지로 이해했다. 겉은 여자지만 속은 남자인 나의 캐릭터를 유독 '꼰대'들은 받아들이지 못했다. 나는 성역할의 고정관념 속에 파묻혀 남자 같은 여자와 여자 같은 남자를 거슬려하고, 상하관계를 철칙처럼 여기며, 높은 지위에 오르면 마땅히 대접받아야 한다고 맹신하는 특정 개저씨와 개할배들을 '꼰대'라 일컫는다. 물론 모두가 꼰대는 아니었다. 10명 중 2-3명은 말이 통하는 어른이었다.

하지만 대체로 나는 상사가 퇴근하기 전까진 사무실에서 옴짝달싹 할 수 없었고, 다른 견해가 있어도 숨겨야 했다. 한국 사회에서 여자는 아주 여자스럽거나 아예 남자가 되거나 둘 중 하나여야만 속 편히 살 수 있을 것만 같았다. 가끔은 여자스럽고 가끔은 남자스럽고 또 가끔은 중성스러운 나의 다채로운 캐릭터는 꼰대들의 심기를 건드리기 십상이었다. 내 색깔을 드러낸다는 것은 스나이퍼 앞에 내 모습을 드러내는 것처럼 위험한 일이었다. 때때로 꼰대들은 나를 '4차원' 혹은 '돌아이'로 비하하기도 했다.

나는 때로 상처 받았지만 그들의 판단을 나의 자아와 동일시하고 싶진 않았다. 나는 분명 나를 이단아 보다는 상식의 스펙트럼 안에서 정의하는 보편적 다양성이 갖춰진 지역이 지구 상 어딘가에는 반드시 있으리라 생각했다. '꼰대 공화국' 한국에서 경험한 사회가 디폴트가 아니었음은 외국 생활을 하면서 자연스레 알게 됐다. 말이 통하는 어른을 만나고 싶었던 나의 갈증은 유학으로 이어졌다.

난 다른 나라들이 궁금해졌다. 유학을 준비하는 순간순간 '꼰대 공화국'에서의 숨 막힘은 증폭되었고 나는 매주 주말마다 티비에서 나오는 KBS의 '걸어서 세계 속으로'라는 여행 다큐 프로그램을 보면서 내가 외국 땅을 밟을 탈출의 그 순간만을 피 마르게 기다리고 있었다.

제**6**화 장학금, 코리아노마드의 마중물

나는 운 좋게도 2010년 7월 영국 정부 장학생으로 선발돼 돈 걱정 없이 영국 유학길에 오를 수 있었다.

비록 격무에 시달리며 주경야독으로 어드미션을 준비하느라 내가 원했던 대학에 합격할 수는 없었지만 영국 10위권의 레드브릭(Red Brick) 계열인 대학교에서 오랜 유학의 꿈을 이루게 됐다.

2001년 미국에서 워킹홀리데이를 하던 시절 우연히 놀러 간 버클리 대학 교정에서 난생처음으로 유학의 꿈을 키운 지 딱 9년 만의 결실이었다.

하지만, 빡빡한 기자 생활을 하며 영어 성적과 지멧(GMAT) 점수를 준비하는 건 쉬운 일이 아니었다. 나는 원래 지멧 고득점을 받아 캠브리지나 옥스포드, 내지는 런던비즈니스 스쿨 같은 명문대학교 경영학 석사를 받을 계획이었다.

당시 국제부 기자로 근무했던 나는 내근을 해야하는 관계로 따로 '땡땡이'를 치며 시험공부를 할 수 있는 환경이 아니었다. 차장, 부장, 편집국장 등 모든 선후배들이 쌍심지를 켜고 있는 사무실에서 지멧 책을 꺼내 공부를 하겠다는 건 대단히 강심장에 저세상 텐션이 아니고서야 있을 수 없는 일이었다.

그래서 나는 종종 지멧 책을 한장씩 찢어 호주머니에 넣고 주차장에 내려온 뒤 어두컴컴한 차 안에서 문제를 풀곤 했다.

가뜩이나 하루에 기사 두세개를 처리하고 나면 다리가 후들거리고 눈앞이 캄캄할 정도로 진이 빠지는데, 쉬는 시간마다 하는 공부가 신통할 리가 없었다.

결국 나의 지멧 성적은 600점대 초반을 맴돌기 일쑤였다.

한번은 주말에 40만원에 달하는 지멧 시험 등록비를 내고 시험을 신청해 놓고는 전날 야근을 하는 통에 까맣게 잊고 늦잠을 자다 큰돈을 날린 적도 있다.

지금이야 워크라이프 밸런스가 어느 정도 보장되는 나라에 살다보니 주말에 눈이라도 또렷이 보이지만, 당시엔 20대의 젊은 나이인데도 주말마다 좀비처럼 기운도 없고 눈도 침침했다. 주말은 주로 생존을 위한 최소한의 에너지를 재충전하는 잠으로 채워졌다.

결국, 나는 700점 고지 달성에 실패했고, 명문대 석사 유학은 아쉽지만 접을 수밖에 없었다. 그들은 대체로 영어점수 아이엘츠 7점 이상과 함께 지멧점수 700점대를 요구했기 때문이었다.

할 수 없이 나의 선택은 중상위권 대학으로 하향지원 하는 쪽에 모아졌다.

이런 주경야독 생활은 2008년부터 유학을 떠난 2010년 여름까지 거의 2년간 지속됐다.

밥벌이를 하면서 공부까지 한다는 건 참으로 대단한 각오와 희생이 필요한 일인것 같다.

당시 대학 동기 중에 영자 신문사 기자를 하던 친구가 있었는데 우린 둘만 모이면 "우리 꼭 '전직기자' 되자"며 탈출을 도모 했었다.

대학땐 여러 스터디를 전전하며 의욕 넘치게 "우리 꼭 기자되자"를 외쳤던 우리였다.

그 친구는 내가 유학을 가기 1년전 프랑스로 석사 유학을 떠났다. 그 친구도 그때의 탈출이 전환점이 되어 지금 프랑스 파리에서 국제기구를 다니며 남편과 아들과 행복하게 살고 있다.

그렇게도 절실하게 퇴사와 탈출을 바랬던 우리는 결국 둘다 지금 '코리아노마드'가 되어 있다.

제**7**화 브리티시패스포트, 실종된 아이덴티티

영국에 와서 정말 신기했던 것 중 하나는 "Where are you from?"이라고 묻는 나의 질문에 "I have a British passport."라고 대답하는 이들이 많다는 점이었다. 버밍엄에서 첫 보금자리로 마련한 학교 앞 기숙사 빅토리아홀에서 만난 플랫 메이트 둘은 국적을 묻는 나의 질문에 하나같이 이렇게 답했다. 난 당연히 "영국인"이라는 답을 예상하고 물은 질문이었다. 물론 한국식 사고방식에서 이들 부모 세대들의 출신지가 어딘지도 궁금했기에 순수하게 던진 질문이었지만 '영국 여권'은 절대 '국적'에 대한 답은 아니기에.

유창한 영국식 영어 발음에 생활방식과 사고방식까지 뼛속 깊이 브리티시인 이들이 이렇게 답한 이유는 간단했다. 그들은 이곳에서 소위 'Asian'(영국에서 아시안이라 함은 인디언 파키 스타니를 칭한다.)이라고 불리는 인디언 브리티시, 방글라데시안 브리티시 이민 3세였기 때문이다.

이상했다. 다문화주의 사회를 표방하는 영국. 과거 식민지에서 넘어온 다양한 인종의 이민자들과 과거 정책적으로 받아들인 세계 각지의 취업 이민자를 포함, 영국은 단연 미국 다음으로 꼽히는 인종의 용광로, 다문화사회의 표본인데 왜 이들에게 아직 영국은 자신들의 나라가 아닌 건가. 미국과 영국은 많이 달랐다. 미국에선 피부색이 검고 희고 노랗고를 막론하고 "어디서 왔냐"라고 물었을 때 인종에 상관없이 하나같이 미국인이면 "I am American."이라고 당당히 답했다.

빅토리아홀에서 만난 '아시안' 플랫 메이트들은 내가 그 질문을 던진 것에 대해 굉장히 거북해했고 그 후로 줄곧 가까워질 기회를 마련하지 못했다. 난 마치 인디언 브리티시, 방글라 데시안 브리티시에겐 던지지 말아야 할 금칙어를 사용한 무례한 플랫 메이트로 낙인이 찍힌 듯한 죄책감에 줄곧 마음이 찜찜했다.

2011년에 또 한 번의 런던 올림픽을 치를 세계 속의 강대국 영국에서 문명사회와 어울리지 않는 '약탈' '폭동' '소요' 급기야 '물폭탄'과 '플라스틱 총'이란 단어들이 언론을 도배하고 있다. 도덕은 실종되고 치안 불안이 극에 달하고 거리엔 모자

티와 복면으로 얼굴을 가린 십 대 이십 대의 'Hoodie'들이 'rioters'란 이름으로 이성을 상실한 채 날뛰고 있다.

2005년 런던에서 7.7 테러 사태를 두 눈으로 지켜볼 때만 해도 이처럼 실망스럽진 않았는데 일부 테러리스트들의 폭탄테러 사건과는 다르게 런던 버밍엄 맨체스터 리버풀 등 영국의 도시 곳곳을 휩쓸고 있는 이번 폭동 사태에선 영국이 총체적으로 잘못된 방향으로 가고 있다는 씁쓸한 좌절감을 감출 수가 없다.

제레미 리프킨이 '유러피안 드림'에서 말한 것처럼 유럽은 약자에 대한 배려와 사회적 합의와 협력, 지역공동체를 통해 제대로 된 유럽식 민주주의를 실천하는 유토피아가 아니었다. 그는 미국에 대한 대안으로 유럽을 가리켰지만 내 생각엔 유럽 역시 미국과 마찬가지로 잘못된 방향으로 가고 있는 것만은 분명하다.

2010년 프랑스 남부의 시골 마을, 까르까손(Carcasonne)에서 유리창이 산산조각이 나고 차 문이 활짝 열린 채 짐들을 몽땅 도둑맞으며 인생에서 처음으로 처참한 범죄의 희생양이 됐을 때,, 시청과 경찰서를 출근하듯 드나들면서 일말의 도움과 관심을 구걸하면서 받았던 차가운 외면과 무관심에… 범죄 장소를 몇 번 차로 돌아본 뒤 그저 "It is because of immigrants"라며 손쉬운 변명을 앵무새같이 되풀이하는 프랑스 경찰들을 보면서… 이미 유럽이 그 '유럽'이 아니란 실망감과 분노로 치를 떨긴 했었다.

하지만 영국은 프랑스보다 더 날 실망시킨다. 마치 억눌려 왔고 오랫동안 연기됐던 분노가 한꺼번에 폭발한 듯 이번 폭동은 예견된 수순과도 같았다.

내가 1년을 지낸 버밍엄 얘기를 좀 하자면… 버밍엄 인구의 50% 이상은 인디언 방글라 데시안 파키 스타니 등 아시안과 흑인이다. 이들이 과거 식민지에서 싼 값에 노동자로 데려온 이들의 조상들이 이곳에 뿌리를 내렸고 그들의 2세 3세 4세(?) 등이 터줏대감 노릇을 하는 곳이다. 산업혁명 시절부터 영국 제조업이 무너지기 전인 1990년대 초반까지… 버밍엄은 인근 코벤트리와 함께 자동차의 메카로 통했다. 미국에 디트로이트가 있다면 영국엔 버밍엄 코벤트리가 있었다. 하지만 영국의 제조업이 공동화되고 자동차 강국의 명성이 무너지면서 영국의 자존심 랜드로버가 인도 타타에 팔려나갈 정도로 자동차 산업은 퇴로를 걸었고 버밍엄의 경제난도 점점 가중됐다.

그 사이 버밍엄의 토박이나 다름없는 인디언 브리티시, 방글라 데시안 브리티시, 파키 스타니 브리티시, 일부 아프리카계 이민자들 중 상당수는 실직과 생활고에 시달렸고 더구나 이들의 자녀들은 영국인이지만 영국인이 아닌 '아이덴티티의 실종' 속에서 사회와 동화되지 못하고 거리를 활보하는 갱으로 양아치로 그들만의 그룹을 형성해 갔다.

물론 버밍엄엔 그리고 영국엔 성공한 이민자들이 많다. 버밍엄에서 집을 보러 다니면서 만난 집주인 2명 중 1명은 파키스타니였고 백인들보다 좋은 차를 타고 다니는 아시안들이 더 많다는 느낌이 들 정도로 경제적으로 성공한 인디언 브리티시 등은 넘치고도 남는다.

하지만 이들에겐 아직도 'British Passport'가 있을 뿐 'British Nationality'는 없다. 난 이번 폭동 사태가 어찌 보면 영국인이면서도 영국에 동화되지 못하고 잠재적 범죄자, 가난한 불법 이민자 취급을 받으며 경계인으로 살아가는 소외된 이민자들의 불만과 분노가 한꺼번에 터져 나온 사건이란 느낌을 지울 수 없다.

범죄 심리학적으로 볼 때 마이너리티들은 군중 심리와 집단주의에 경도된 불법행위를 저지르면서 권력과 힘을 얻은 것과 같은 착각을 갖는다고 한다. 이들 십 대 이십 대들에게 영국이 단지 British Passport를 찍어주는 그들의 나라가 아니라 '우리나라' '내 나라'라는 생각이 있었다면 과연 이들의 정체성과 하나인 이곳에서 지금과 같은 파괴적이고 무자비한 폭동 사태가 일어날 수 있었을까.

난 이번 사태가 단순히 CCTV와 사진, 동영상에 찍힌 이들의 얼굴들을 샅샅이 찾아내 모조리 감옥에 가둔다고 해결되리라 생각하지 않는다. 오랜 시절 곪고 곪은 영국 이민정책의 모순의 일부가 이번 폭동을 통해 수면 위로 드러난 것이라면 모를까.

 영국 정부가 이민자들을 대하는 구체적 정책이 어떤 건진 잘 모르겠다. 하지만 그동안의 내 작은 경험들에 의하면 영국의 이민자들은 그들만의 커뮤니티, 소위 '끼리끼리' 뭉쳐 다니면서 절대 영국인으로 제대로 녹아들지 못한 마이너리티로 오랜 세월을 살아온 것처럼 보였다.

영국은 그동안 겉으론 다양한 커뮤니티의 공존을 부르짖으며 아시안 아프리카계 무슬림 등 다양한 커뮤니티로 이민자들을 분류하는 정책을 펴 왔다. 그들의 당초 목표는 물론 말처럼 쉬운 '다양한 문화의 공존' '다양한 커뮤니티에 대한 존중'이었을 게다.

하지만 내가 느낀 영국의 이민 정책…그리고 이민자들을 대하는 그들의 정서는 '타자화' '주변화' 그 이상 그 이하도 아니었다. 용광로는커녕…"난 당신들의 존재를 묵인하겠으나 인정하지 않을 것이고 영국 여권은 주겠으나 영국인으로는 인정할 수 없다"라는 '모래알' 정책이라면 모를까…

결국 영국인도 인도인도 아프리카인도 아닌 경계 어디쯤에서 방황하고 차별받던 이민자들은 뫼비우스의 띠처럼 끝이 보이지 않는 고립 속에 영국을 지역적으로 나누고 또 동네로 나누고 구역으로 나누어 왔을 것이다. 아마 영국만큼 인종별로 정확하고도 다양하게 끼리끼리 무리 지어 사는 이민사회는 드물 것이다.

제**8**화 해외취업, 텃세극복기

　해외 취업에 성공한 '잡 노마드(job nomad)'가 올해 11월까지 3295명으로 전년 동기(2165명) 대비 약 66% 늘어난 것으로 조사됐다. '잡 노마드'는 새로운 기회를 찾아 해외 취업에 도전하는 청년을 가리키는 신조어다. 이미 지난해 전체 해외 취업자 수(2903명)를 추월해 역대 최고치를 기록한 것이다. 고용노동부는 올해 해외 취업자 수가 최종적으로 4000명을 넘길 것으로 예상하고 있다. 고용부가 14일 발표한 '청년 해외 취업 성과 및 계획'에 따르면 2016년 한국 잡 노마드가 많이 취업한 나라는 미국(771명), 일본(665명), 싱가포르(514명) 순이었다. 주로 서비스 업종과 IT 직종에서 일자리를 얻었다. 고용부는 올해 해외 취업자 평균 연봉이 2645만원으로 2014년 2543만원보다 100만원가량 늘었다고 밝혔다. 연급여 총액 1500만원 미만인 저연봉자는 2014년 전체의 12.4%에서 올해 0.4%로 확 줄었다. 고용부가 해외 취업자들을 대상으로 직접 설문한 결과 세 명 중 두 명(66.3%)은 근무 환경에 "만족한다" 고 응답했다. "불만족"은 6.1%였다.

　--조선일보

　위 기사처럼 나도 2012년 대망의 '잡 노마드' 대열에 올랐다. 3년여 간의 혹독한 백수생활 끝에 겨우 취업에 성공했던 한국 보다는 수월했지만, 싱가포르에서의 취업도 무려 80번의 두드림 끝에 겨우 열린 것이기에 만만치는 않았다.

　나는 한국에서 받던 연봉의 약 1.5배를 받고 해외 취업의 첫 단추를 끼웠다. 내가 들어간 회사는 1917년 세워진 유서 깊은 미국계 다국적 기업이다.

　100년이 넘는 역사, 임직원 2만여명, 전세계 35개 나라에 70여개의 오피스를 둔 글로벌 기업에 다닌다는 자부심은 나에게 구름 위를 걷는 듯한 기쁨을 맛보게 했다.

　하지만 달콤함도 잠시, 당시 싱가포르 지사의 유일무이한 한국인이었던 나는 이내 '텃세' 혹은 '불링(Bulling·직장 내 괴롭힘)'이라고 하는 시련에 맞닥들이게 된다.

당시 나의 사수(사수라기 보다는 인수인계자에 가깝다)는 제인이라는 싱가포리안 여자였는데, 동갑임에도 불구하고 아이가 둘이나 있었다. 커다란 덩치에 나보다 10년은 나이 많아보이는 외모였는데, 난생 처음 보는 한국인 동료이자 외국인인 나에게 소위 갑(甲)질을 해대기 시작했다.

이 회사는 에너지 거래 시장을 중개하고 리서치 하는 비즈니스를 하고 있었는데, 이때문에 우리가 내보내는 가격 1불에 트레이더[2]들이 천당과 지옥을 오갔다.

시시때때로 이들은 1불이 높고 낮음에 멘붕이 되어 항의 전화나 이메일을 보내는 경우가 허다했다. 그들에게 1불 차이는 포지션에 따라 수백, 수천만불이 오가는 흥망의 지표였기 때문이다. 그래서 오후 4시부터 4시30분까지 진행되는 트레이딩 시간은 살얼음판을 걷는 듯한 긴장의 연속이었다.

그날도 그랬다. 4시부터 4시반. 이때는 화장실이 급해도 자리를 뜰 수 없는 성역의 시간이었다. 나는 이 시간 만큼은 내 몸의 주인이 아니다. 그런데, 하필 그날따라 숫자 하나를 누락하는 대형 사고를 쳤다.

순간, 제인이 큰소리를 치고 난리법석을 떨며, 매니저인 앨리스를 불러댔고 고요하던 오피스는 이내 시장통으로 변했다.

"미셸 메이드 어 미스테이크! (Michelle made a mistake)!"

순간 '싸~'하는 서늘함과 함께 10여명에 달하는 모든 팀원은 물론 다른 팀 애들까지 일제히 나를 쏘아보며 무언의 핀잔을 주는 광경이 펼쳐졌다. 내가 입사한 지 불과 2주밖에 안된 날이었다.

억울했다. '지들이 제대로 트레이닝을 시키든 지…달랑 1주일 교육 시키고 현장에 내던지고는 한번의 실수도 용납을 안하다니…'

강단 있어 보이는 추진력에 비해 매우 '유리멘탈'인 나는 결국, 화장실에서 몰래 울음을 터뜨렸다.

순간 한국에서 기자 일을 할 때 나를 자식처럼, 친동생처럼 아껴주며 하나부터 열까지 가르쳤던 기자 선배들이 생각났다. 이게 바로 외국살이의 설움이구나…싶었다.

사실 돌이켜보면, 외국 기업에선 우리나라에서 처럼 선후배

간의 정이나, 훈훈한 동료애. 이런걸 기대해선 안되는 거였다. 그런 개념 자체가 없다. 업무 트레이닝은 주로 온라인수업과 문서로 이뤄진다. 독학을 해야한단 얘기다. 생존전쟁의 결과도 오롯이 본인의 몫이다.

앨리스라는 싱가포리언 여자애는 한술 더 떠서 "미셸이 오늘 트레이딩 시간에 1불을 누락하는 사고를 냈다"며 런던은 물론, 뉴욕, 도쿄 등등 오피스 동료들을 전체 씨씨(cc-ing, 이메일을 보낼때 참고인으로 포함)한 교활한 이메일까지 날렸다.

공개처형이 따로 없었다. 신입 직원이 입사를 하면 당연히 실수도 하며 배우는 것이지…한 톨의 이해심과 배려심조차 없는 교활한 싱가포리언 동료들의 불링(Bulling)에 치가 떨렸다.

사실, 이제 와서 하는 얘기지만 당시로선 깜놀할만한 이런 교활한 이메일 고자질은 외국기업에서 매우 보편적으로 이뤄지는 문화다. 문제는 이런 cc-ing에 가끔은 더러운 계략과 음모가 붙어있는 경우도 있다는 것이 주의사항이다.

하지만, 한국 조직문화의 냄새가 채 빠지지 않은 당시의 나로선, 이런 이메일 돌리기는 교활함의 정서로 다가왔다.

그 이후에도 제인은 오피스에서 나에게 고함을 지르거나 공개적으로 지적질을 하는 등 대놓고 나를 괴롭히며 텃세를 부렸다. 당장 관두고 싶은 마음이 굴뚝 같았지만 꾹 참았다.

지금은 당시 오피스 분위기가 왜 그랬는지를 안다. 자회사가 모회사에 흡수돼 조직 통합을 거치는 과정에서 나오는 올드보이들의 잔재라고나 할까. 사실, 싱가포리안이나 인디안들이 많은 조직일 수록 저런 문화가 심하다. 관련 얘기는 코리아노마드 3부에서 자세히 다룰 예정이다.

여튼, 지금 저런 일이 생긴다면 제인은 잘린다. 지금은 이미 퇴사한 지 오래된 잊혀진 동료일 뿐이지만, 당시 외국기업 초짜였던 나에게 제인은 참 충격적인 캐릭터였다.

내가 영국 유학까지 갔다오며 발자국을 내보자 했던 글로벌 기업의 첫 경험은 이렇게 초반부터 더러웠다. 코리아노마드로 살기 위한 첫 직장이었다. 쉽게 포기하기엔 너무 아까웠다. 게다가 내가 담당했던 시장은 고객 중에 한국인이 많았다.

그럼에도 불구하고 공신력과 독립성을 가져야 할 애널리스트 자리에는 한국인이 전무한 실정이었다. 전세계에 70개 오피스와 2만여명의 임직원을 거느린 다국적 기업임에도 불구하고, 싱가포르 오피스에 근무하는 직원들은 거의 대부분 싱가포르 로컬 직원들이었다.

나라도 싱가포리안들로 점령된 아시아퍼시픽 헤드쿼터에 태극기 하나라도 꽂아야 한다는 말도 안되는 사명감으로 나는 버티기에 들어갔다.

매일 저녁 퇴근 후 집에서 업무 관련 서적을 탐독했다. 주말에는 부기스(Bugis)에 있는 싱가포르 국립 도서관을 찾아 업무와 관련된 공부를 하기 시작했다.

기자 시절에 익힌 분석력과 빠른 이해력, 응용력 등을 십분 발휘해 나는 업무평가에서 가장 중요한 스킬 중 하나인 분석 리포트를 쓰는 데 특히 공을 들였다. 아무리 영어를 잘 해도 통찰력과 분석력 없이는 한 글자도 쓸 수 없는 분야가 바로 분석리포트이기 때문이었다. 나보다 영어를 잘 하는 동료들은 넘쳐났지만, 나만큼 영어로 리포트를 잘 쓰는 직원은 의외로 드물었다. 한달 심지어 일년에 하나도 쓰기 어려운 분석 리포트를 일주일에 한 편씩 다작하며 공격에 들어갔다.

5년여간 꼰대공화국, 폭탄주의 홍수 속에서 빡센 기자 생활을 했던 보람이 있었다.

특히 수치와 정량적 분석이 중요했던 경제 비즈니스 관련 기사를 폭넓게 처리하면서 익힌 분석 능력은 꼭 필요한 정보를 논리에 맞게 꽉 채운 효율적인 글쓰기에 유리했다.

네이티브 수준의 영어 실력이 되지 않는다 하더라도 좌절할 필요는 없다. 거의 대부분의 업무 능력을 차지하는 인사이트 (Insight, 통찰력)와 창의력은 언어적인 것보단 비언어적인 경우가 많다.

나는 그 덕에 입사한 지 1년7개월째 되던 2014년 4월, 모두가 갈망하는 초고속 승진자로 거듭난다. 영어와 중국어를 네이티브 수준으로 구사하는 싱가포리언들 틈에서 눈물나는 텃세와 불링(괴롭힘)을 오로지 실력으로 극복하고 외국인 최초이자 한국인 최초로 초고속 승진한 '시니어' 애널리스트로 날개를 달았기 때문이다.

실력을 인정받은 뒤엔 텃세는 줄어들었지만, 대신 견제가 늘었다. 해외취업, 특히 싱가포르 취업을 노리고 있는 사람들에겐 싱가포르 특유의 교활한 조직 문화에 대해 미리 말해주고 싶다. 이 내용은 2부에서 다뤄질 예정이니 일단 생략한다.

이 회사에는 지위고하를 막론하고 동료나 부하직원, 상사 등의 업무 능력을 칭찬하는 online award 시스템이 그해 여름 처음 생겼는데, 나는 동료 직원의 추천으로 퍼포먼스 상을 받았다. 이때 받은 마일리지로 온라인 상점에서 물건을 구입

하거나 상품권을 받을 수도 있었다. 한국 기업에 도입해도 참 좋을 만한 성과보상 프로그램이다.

뿐만아니라, 그해 여름 7-8월, 해외 오피스에서 한달간 근무할 수 있는 기회를 주는 순환 근무 프로그램에 뽑혀 미국 워싱턴DC에 위치한 오피스에서 한달간 근무할 수 있는 꿈같은 기회도 얻었다.

아마 내 인생에서 2014년처럼 행운이 쏟아졌던 적은 없을 것 같다.

결과적으로 눈물나는 노력과 뼈를 깎는 고통을 인내한 대가로 나는 아무도 가보지 못한 길을 여러번 가고야 만다.
"Bulling is just bullshit. Just move on."

제**9**화 승률 2.5%, 해 볼 만한 게임

나는 가뜩이나 더운 싱가포르란 나라에서 시시때때로 열불이 났다. 이 좁고 무덥고 후텁지근한 나라가 뭐가 좋다고 전 세계 굴지의 내로라하는 기업들이 비싼 임대료를 버티며 비집고 다닥다닥 들어와 있는지 궁금하고 샘이 나서였다.

싱가포르에서 소위 3류대를 나오고도 한국에서 SKY대학을 나오고 미국에서 하버드 케네디 비즈니스 스쿨 MBA를 마치고 집안 배경까지 금수저인 최강 스펙자들만 들어간다는 굴지의 기업에 척척 붙는 싱가포르 친구들을 보면 배알이 꼴렸다.

개인적으로 느낀 싱가포르의 체감 취업 성공률은 100번을 지원해 30번 필기시험 기회를 얻고 10번의 인터뷰를 볼 수 있었던 '바늘구멍' 한국에 비하면 월등히 높았다.

물론, 내가 당시(2000년대 중반) '기레기' 및 '인터넷 황색언론' 등장 이전, 나름 인기 직종이었다는 기자에 도전했기 때문에 취업 체감 난이도가 월등히 높았던 건 사실이다. 하지만, 내가 공기업이나 일반 대기업 서류 면접에서는 더더욱 문전박대를 당했다는 걸 생각하면 다른 분야라 해도 사정은 다르지 않아 보인다.

반면, 싱가폴에서의 성적표는 어떨까. 나는 영국에서 석사를 마치고 80개의 지원서를 날린 뒤 10번의 인터뷰 기회를 통해 두 군데에서 오퍼를 받았다.

승률 2.5%인 셈. 반면 100번을 지원해 겨우 한군데에서 최종 합격을 했던 한국에서의 취업성공률은 1%에 그쳤다. 싱가포르의 절반 이하 수준이다.

게다가 해외에서는 석사 졸업 후 취업까지 불과 1년 남짓이 걸렸다면, 한국에서는 학부 졸업 후 첫 직장에 들어갈 때까지 무려 3년여가 걸렸다. 인턴십 등으로 인한 긴 휴학으로 졸업을 미루고 또 미룬 걸 감안하면, 실제로는 3년 이상이 걸렸단 계산이 나온다.

영어가 모국어가 아닌 토종의 성적표가 2.5%라면 나쁘지 않다. 난 사실 영어가 달리기에 한국보다 더 한 바늘구멍을 각오했었다. 만약 영어에 문제가 없는 조건이라면, 취업 피로도 및 시간은 확연히 줄어들 것이다. 만약, 취업비자가 필요없는 싱가포르 국민이라면, 취업의 기회는 대폭 확대된다.

우스갯 소리로 싱가포리안들은 대체로 대학 졸업장만 있으면, 이름만 대면 알 만한 투자은행, 다국적 기업엔 문제없이 들어간다. 그만큼 싱가포르에 들어와 있는 글로벌 기업의 숫자가 많고, 오피스 규모가 큰 덕분이다.

싱가포르에서의 풍부한 취업 기회는 다른 나라에 비해 월등히 낮은 실업률로도 설명된다. 싱가포르의 전체 실업률은 금융위기 여파가 사그라들기 시작한 2009년 이래 현재까지 1-2%대에 머무르고 있다. 사실상 완전고용이다. 2016년 2분기 실업률은 2.1%[1]로 집계됐다. 실업률이 3%대에 달하는 한국에 비해 월등히 낮은 수치다.

‘금수저’와 ‘흙수저’로 대변되는 부의 양극화와 계급화 고착은 외환위기 이후 최악의 청년실업률로 모습을 드러내고 있다. 통계청에 따르면 10월 기준 청년(15~29세) 실업률은 8.5%로 외환위기 당시인 1999년 10월(8.6%) 이후 17년 만에 최고치

를 기록했다.─헤럴드경제

싱가포르가 한국보다 취업하기 쉬운 나라로 손꼽히는 데에는 법인세 인하와 영어 공용화를 통해 외국 자본을 적극적으로 유치, 양질의 일자리와 취업 기회를 큰폭으로 늘린 초대 정부의 정책 덕이 컸다.

한국의 박정희에 비견되는 싱가포르의 '독재자', 리콴유는영국과 말레이시아에서 독립, 작은 점에 불과한 무일푼 빈국에서 벗어나기 위해 외국 자본을 적극적으로 끌어들이는 전략을 구사했다.

싱가포르 경제개발청(EDB)은 세계에서 가장 기업하기 좋은 나라로 만들어 외국 기업을 끌어들이기로 했다. EDB는 제1차 공업개발 계획(1961~1964)을 추진했다. 정부가 똘똘 뭉쳐 외국 기업 유치에 강력한 인센티브를 제공했다. 제조업의 경우 관세를 3%까지 내렸으며, 법인세는 40%에서 4%까지 낮췄다. 수입 설비에 대해서는 아예 수입세조차 면제했다. 싱가포르가 단순한 무역·생산 거점에서 국제 금융과 물류 및 서비스 부문의 허브로 성장한 가장 큰 동력 중의 하나는 바로 영어가 싱가포르의 공용어가 되었기 때문이기도 하다. 리콴유는 국제적인 무역 거점으로서 싱가포르를 살리고 제1세계에 다가가기 위해서는 영어를 공용어로 해야 한다고 생각했고 이를 밀어붙

였다. 독립 당시 400달러 수준이었던 싱가포르의 국민 1인당 국내총생산(GDP)은 그가 총리직에서 물러난 1990년 1만2750달러에 이르렀다. 그리고 지난해 싱가포르의 국민 1인당 GDP는 5만6113달러(약 6530만원)로 세계 8위, 아시아 1위를 차지했다.

몇년 전 한국의 법인세가 17%대에 달하는 데도 내리긴 커녕, 정부가 법인세 인상안을 만지작 거리자, 영어 공용화 얘기를 꺼냈던 모 소설가가 대중의 집중포화를 맞으며 크게 욕을 먹었던 한국의 상황과는 대조적이다.

개인적으로 나도 영어공용화는 반대다. 하지만, 글로벌 기업들을 다양하게 유치해 아시아 경제 비즈니스 중심으로 성장함과 동시에 양질의 화이트칼라 일자리를 창출하는 정책은 일자리 가뭄에 시달리는 한국이 눈여겨 볼 만 하다.

법인세 17%.
전세계 굴지의 기업들이 한국에 들어오기를 꺼리는 이유는 너무도 분명했다.

한국이 1994년 세계무역기구(WTO)에 가입하면서 본격적으로 세계화를 추진한 지 22년이 지났다. 하지만 한국은 여전히 외국인에게 문을 걸어 잠근 채 해외 진출을 모색하는 세계화

전략을 취하고 있어 시급히 개선해야 한다는 목소리가 높다. 자칫 잘못하면 자국 이기주의로 비칠 수 있어 해외시장을 잃는 단초가 될 수 있다.

실제로, 내가 다녔던 미국계 다국적기업은 한국의 과도한 법인세를 피하기 위해 정식 법인 형태가 아닌 직원 10명이내 소규모 유한회사 형태로 한국에 진출해 있다.

향후 한국 오피스 추가 설립과 관련 내가 질문을 할 때마다, 회사 디렉터나 CEO 등은 "한국은 법인세가 높고 시장이 크지 않아 검토하고 있지 않다"는 답변을 내놨었다.

하지만, 동북아시아 매출의 상당 부분이 한국에서 나오는 점을 감안하면, 실제 이유는 높은 세금 및 기업하기 어려운 환경 등 탓에 진출을 꺼리는 것 같아 보인다.

세계은행 자료에 따르면, 2009년 90억2,190만달러이던 한국에 대한 외국인직접투자(FDI) 금액은 2015년 50억4,200만달러로 거의 반토막이 났다. 그만큼 한국 시장이 외국인들의 투자처로 매력이 없단 소리다.

이같은 한국의 폐쇄성은 우리가 수출에 주력하고 있는 제조업 보다 고부가가치 서비스업에서 더욱 두드러진다. 통계청에 따르면, 우리나라의 2015년 서비스업 노동생산성지수는 99.9로 2011년 100.1을 기록한 뒤로 5년 넘게 정체 상태를 면치 못하고 있다. 이는 2010년을 100으로 놓고 산출한 수치다.

게다가 해고와 재취업이 용이한 싱가포르의 유연한 노동시장 덕분에 외국인들도 노력만 하면, 기회의 문을 열 수 있다는 점에서 '코리아노마드' DNA가 흐르는 사람이라면 도전해볼 만하다.

헤리티지재단에 따르면 싱가포르의 경제자유지수 순위는 2016년 기준 홍콩에 이어 2위를 기록했다. 반면 한국은 27위다.

물론, 싱가포르도 최근 몇년 새 경제성장률이 둔화되면서, 보호주의가 불어 닥친 게 사실이다. 싱가포르 국민들을 중심으로, 외국인 고용을 줄이고 자국민 채용을 늘려야 한다는 목소리가 나왔고, 이미 정부에서 관련 정책을 시행 중이다.

최근엔 기업들이 외국인을 뽑아 놓고도 취업비자 승인이 나지 않아 채용이 취소되는 경우가 비일비재하다. 멀쩡히 회사를 다니던 사람조차도 2년에 한번 갱신해야 하는 취업비자가 연장이 되지 않아, 별안간 일자리를 잃고 싱가포르를 떠나야 하는 외국인 숫자도 크게 늘었다. 예전보다는 취업이 어려워진 것이 사실이다.

취업과 사직, 재취업과 해고가 빈번해 턴오버(Turnover)율이 비교적 높은 노동시장의 특성 때문에 입사 지원 방식도 우리나라에 비해 간단했다.

나는 주로 글래스도어(Glassdoor.com), 잡스디비(Jobsdb), 잡스트리트(Jobstreet) 등 구직 사이트를 통해 클릭 몇번으로 다양한 회사에 지원서를 '대량살포'할 수 있었다. 단순 클릭 몇번으로 불과 한달 안에 80여개의 입사 서류를 냈다. 그리고 열흘새 10군데에서 인터뷰를 볼 수 있는 기회를 잡았다.

나는 운 좋게도, 영국에서 버밍험 대학을 졸업한 방글라데시안계 영국인인 디렉터에게 발탁돼 현재 다니는 직장에서 인터뷰를 볼 수 있었다. 해외에도 학연이란 게 있는 모양인지 훗날 디렉터한테 왜 날 뽑았냐고 물었더니, "버밍엄 대학 출신이라 유능할 줄 알았다"란 답이 돌아왔다.

회사는 싱가포르의 랜드마크인 마리나베이 호텔이 보이는 마리나 베이 입구의 최신식 빌딩촌, 마리나베이 파이낸셜 센터(Marina Bay Financial Center)에 자리잡고 있었다. 1시간 가량의 필기시험에서는 분석 보고서용 글쓰기와 기본적인 경제 및 경영 상식 문제, 몇가지 수학 문제가 나왔다.

이후 이어진 인터뷰에서는 싱가포리언 여자 매니저와 버밍엄 대학 동문인 디렉터가 나와 심층 압박 면접을 실시했다.

나는 한국에서 경제지 기자 생활을 하면서 익힌 폭넓은 산업 지식과 빠른 습득 능력, 논리적인 분석과 시장을 보는 통찰력에 대해 열심히 어필했다.

나름 빡센 전형이었지만, 깐깐한 서류, 3시간 가량의 필기, 라루종일 걸린 실무 면접과 2박3일간의 합숙면접, 최종 임원 면접까지...사람 하나 뽑는 데 엄청나게 '뺑이'를 돌려댔던 한국에 비하면 수월했다.

이윽고 인터뷰를 본 지 일주일이 되던 날, 쇼핑몰에서 물건을 고르고 있던 중 졸지에 2차 인터뷰를 보게 됐다.

여러 과정을 혹독하게 거치는 한국과 달리, 싱가포르에서는 대부분 두어 번의 인터뷰로 모든 것이 판가름 난다. 보통 모든 면접은 대면으로 진행되지만, 더러는 이렇게 전화 인터뷰만으로 끝나는 경우도 있었다.

갑작스럽게 걸려온 전화였지만, 차분히 대답한 나에게 운명의 여신은 문을 열어 주었다.

토종, 흙수저 출신이지만 전세계 20000여명의 직원을 거느린 미국계 다국적 기업에 당당히 입사한 코리아 노마드, 미셸(Michelle) 이 탄생하는 순간이었다.

제10화 당신은 꼰대입니까?

2010년 영국에서 석사 유학 생활을 시작했을 때 내가 했던 실수 가운데 가장 우스꽝스러웠던 것은 영국인 할아버지 교수에게 인사를 할 때 고개를 숙여 목례를 하면서 손까지 흔들어 댔던 것이다.

'웃어른에게는 고개를 숙여 인사해야 한다'란 한국식 예의범절과 나이불문 친구가 될 수 있는 서양식 관계 맺기가 결합한 웃지 못할 해프닝이었다.

난 영국 유학시절, 머리가 희끗하고 나이 지긋한 교수를 볼 때마다, 심지어 싱가포르에 와서도 나이 많은 상사들을 볼 때마다 종종 손 흔들며 동시에 목례하는 특이한 인사법을 선보였다.

싱가포르에 와서 본격적으로 다국적 기업 생활을 시작한 이후엔 싱가포르 보스인 62세 여자 인디언, 글로벌 보스인 40대 남자 영국인 등 상사들을 볼 때마다 소위 'Intimidated(위협을 느끼는)'되어 식은땀을 살짝 흘리는 등 외국 시각에선 '이상 행동'을 끊지 못해 "넌 왜 나만 보면 쫄고 그러냐"는 농담 섞인 질문을 받곤 했다.

이런 행동은 한국에선 일종의 귀여움 혹은 겸양의 정서로 느껴질 만한 것들이다. 한국에선 윗사람 앞에서 너무도 당당하고 할 말을 서슴없이 하는 아랫사람들을 일컬어 '건방지다' 내지는 '무례하다'라는 표현을 쓸 때가 많기 때문이다. 윗사람을 두려워하고 경계하는 이 같은 심리와 행동이 몸에 밴 이유는 뭘까? 곰곰이 생각해 봤다.

돌이켜보면 난 어릴 때부터 '당돌하다'란 평가를 자주 들어왔다. 초등학생 때부터 한창 사춘기를 겪을 중학교 시절까지. 그 이후엔 '나는 당돌하다. (고로) 고쳐야 한다'는 강박에 힘입어 되려 지나치게 겸손한 태도를 의식적으로 취해왔다. 그래서 실제로 성격이 내성적으로 살짝 변하면서, 모든 어른들을 두려워하는 상황에까지 처하고 말았다.

외국에선 그저 자기 의견을 잘 표현할 줄 아는 평범한 아이 중 하나였을 나의 돌직구 발언과 소신 있는 태도가 한국에선 '당돌함'으로 폄하되는 이유가 궁금했다.

그건 바로 '꼰대 공화국'. 이 말 한마디로 설명이 될지도 모른다. 꼰대란 어른스럽지 못한 기성세대를 일컫는 신조어다. 젊은 꼰대의 줄임말인 '젊꼰'이 존재하는 만큼 반드시 나이에만 국한된 개념은 아니다. 모 방송에서 등장했던 '꼰대 자가진단 테스트'에 따르면 꼰대는 '상대방 나이가 어리면 처음부터 반말한다' '내가 해봐서 안다는 식으로 후배에게 조언한다' '인사 늦게 하는 후배가 눈에 거슬린다' 등 10가지 항목에서 다섯 개 이상에 해당되는 사람을 가리킨다.

꼰대는 대인관계에서 '나'를 중심에 두려는 이기주의와 나이·지위·경험에서 오는 '우월의식'이 결합한 결과다. 취업포털 잡코리아가 지난 3월 남녀 직장인 947명을 대상으로 설문한 결과에 따르면, '회사 안에 꼰대가 있느냐'는 질문에 73.3%가 있다고 답했다. 꼰대 유형으로는 '자기만 맞는다고 생각하는 스타일'(30.4%), '까라면 까라는 식의 상명하복'(18.3%), '자기 경험을 일반화한 섣부른 충고와 지적/(12.4%) 등이 꼽혔다.

아마도 난 한국 사회의 뿌리 깊은 이 같은 꼰대 문화 때문에 당돌함이란 이미지로 평가됐고, 이에 대한 반동으로 어른들을 지나치게 어려워하는 이상 증상을 갖게 된 것 같다.

여기에 '까라면 까라'는 식의 남성 중심의 군대식 조직으로 유명한 언론사에서 사회에 첫 발을 내딛으면서 이 같은 '꼰대 포비아'는 더욱 강화가 되기에 이르렀다.

나는 이 같은 한국식 꼰대 문화의 시초를 우리나라의 뿌리 깊은 유교문화, 그중에서도 가부장적 문화와 상하관계를 나누는 존댓말 문화, 상명하복식 군대문화에서 찾고 있다.

10년여간 외국 생활을 하며, 다양한 사람들을 만나고 서로 다른 문화에 적응해가며, 면밀한 관찰 끝에 하나의 결론에 도달했다. 바로 꼰대 문화는 한국과 일본에서만 공통적으로 발견되는 독특한 문화란 점이다. 그것도 일본보단 우리나라에서 훨씬 강하게 나타났다.

예컨대, 외국에서 근무할 땐 회의나 미팅에서 자신의 의견을 표현하지 않는 직원은 바보 취급을 받거나, 게으른 직원으로 눈총을 받기 십상이었다.

반면, 한국에선 직급이 높은 부장, 이사, 상무, 전무, 대표 등과 회의를 할 때 자기 의견을 너무 적극적으로 표현하면 '나댄다'는 평가를 받기 십상이다.

또, 싱가포르나 영국에선 미국인, 영국인, 인도인, 싱가포르인 등 인종을 막론하고 상사나 교수들에게 이메일을 보내면 즉각 즉각 답이 왔다.

반면, 한국에선 윗사람들에게 이메일을 보내서 답변을 듣는 경우가 10번 중 5-6번 꼴로 드물다.

이 같은 차이 때문에, 한국에선 세대 간의 대화와 소통이 쉽지 않다. 싱가포르에서 근무를 할 때 난 언제고 새로운 아이디어나 불합리한 일과 관련, 건의사항이 떠오르면 서슴없이 이메일을 날렸고 면담을 요청했다. 그리고 모두들 그런 나를 지극히 정상인이라 평가했다.

나이 어린 후배가 나의 말에 꼬치꼬치 토를 달아도 난 화를 내거나 기분 나빠 해야하는 분위기가 아니었다. 반대로, 내가 나이 많은 상사, 심지어 나의 평가자인 보스에게 반대 의견을 바득바득 말해도 아무런 문제가 되지 않는 그저 '당연함'만이 통하는 분위기였다.

한국이었다면, '싹수없는 후배' 내지는 '4차원' 심하면 '똘아이'

로 비난받았을 무례한 행동들이다. 코리안 메일 쇼비니스트

한국에서 5년여간 기자생활을 하면서 만났던 모든 상사나 윗분들이 꼰대는 아니었다. 10명을 만나면 최소 3-4명은 탈권위주의적인 사람들이었지만 그럼에도 불구하고 늘 나이 많은 분들과의 대화는 어려웠다.

20대부터 60대까지 다양한 연령층이 한 팀에 공존했던 외국에선 '나이가 많기 때문에 존중해야 한다'는 위계서열 보단 '우리 모두 친구이자 동료이기에 사이좋게 지내고, 서로 평등하게 존중해야 한다'는 공감대가 있었다.

사실상, 외국에서 일을 하면서 조직 내에서 내가 눈치를 본 사람은 딱 한 사람. 나의 인사고과를 책임지는 매니저 뿐이었다. 그위의 디렉터, 더 위의 글로벌 헤드마저도 나와는 동급이었다. 난 언제나 할 말은 하는 사람이었고, 덕분에 승진도 했다.

종종 아침을 거른 날. 회사 내 푸드코트에서 싱가포르식 카야 토스트와 수란, 코피(Kopi)를 함께했던 친한 동료 중 한 명은 55세 싱가포리안 아저씨였다. 우리나라였으면 꼰대가 돼 있을 나이, 상상조차 할 수 없는 우정이다.

또 하나의 큰 차이는 상사들의 업무 지시 법이다. 한국에선 "~~ 씨 ~~ 해주세요" 정도만 나와도 양반이다. 꼰대 지수가 높은 분들 중엔 "야이 시끼야"로 시작하면서 "~~ 해"로 끝나는 경우도 다반사다. 물론 나름 애정의 표현인 경우도 있지만, 듣는 사람 입장에선 상하관계를 뚜렷이 하며 명령조로 시작하는 이런 화법은 불쾌하다.

외국에선 상사들이 업무 지시를 내릴 때 "해줄 수 있니?" "할 수 있겠니?"로 끝나는 경우가 대부분이었다. 굳이 갑을관계로 따지자면 실무지식을 가진 내가 갑이요, 시키는 상사는 을의 위치였다. 그렇다고 평가자에 대한 존중이 아예 없는 건 아니고, 티 안나는 갑을관계가 존재하긴 했지만 한국처럼 대놓고는 아니었다.

고베 여자대학 문학부 명예교수인 우치다 다쓰루는 저서 '어른 없는 사회'에서 (중략) 다쓰루는 "경쟁 지향적인 교육 시스템이 '공동체'보다 '개인'만 생각하는 사회를 만들었다"면서 "사람들이 점점 아이들이 돼 간다"라고 우려한다. '꼰대'는 '어른 아이'의 또 다른 이름인 것이다. 다쓰루는 "지금의 미성숙한 젊은이들이 이대로 시간이 흐르면 반드시 '미성숙한 노인'이 된다"라고 우려했다

한국의 고질적 꼰대 문화는 걱정 스럽게도 이미 왠만한 외국

인들에게도 소문이 나 있다. 그들은 한국의 꼰대 아저씨들을
"Korean male Chauvinist"라고 부른다. 심지어 한국의 조직문화
까지도 악명 높아서, 자기들은 도저히 한국 가서는 일 못하겠
단다.

　나는 우리나라가 선진국으로 나아가기 위해 가장 필요한 것
중 하나가 바로 '꼰대 문화'의 청산이라고 생각한다. 세대 간
의 소통을 단절하고 새롭고 참신한 파괴적 혁신을 가로막는
가장 큰 걸림돌이 바로 비뚤어진 위계서열 문화를 기반으로
한 꼰대 문화라 생각하기 때문이다. 심지어 유교의 본고장인
중국조차 이런 심각한 꼰대 문화가 없는 걸 감안했을 때, 한
국이 여전히 아랫사람을 찍어 누르는 꼰대 공화국으로 남아
있는 한 한국엔 발전이 없다.

　"당신은 꼰대입니까?"

제**11**화 흙수저들의 엑소더스

Last year, 1,332 people renounced their South Korean citizenship, a 95 percent increase from 677 in 2014. An additional 18,150 dual citizens chose to let go of their South Korean citizenship — 61 percent of those dual citizens lived in the United States. Eighteen percent lived in Canada; 11 percent in Japan; and 6 percent in Australia.

(2015년 1332명이 한국 국적을 포기했다. 전년대비 95% 증가한 수치다. 1만 8150명의 이중국적자들은 한국 국적을 포기했다. 이 가운데 61%는 미국에 거주하고 있으며, 18%는 캐나다 11%는 일본, 6%는 호주에 거주하고 있다.)—Korea Times

'부의 대물림'으로 계층 구조가 콘크리트처럼 단단해져 교육과 일자리를 통해 더 나은 계층으로 나아가기 어렵다는 인식이 굳어진 것이다. 직장인 이모 씨(31)는 "한 동료가 '부모에게 물려받은 재산이 별로 없는 '흙수저'들은 열심히 노력해봐야 결국 치킨집 사장님으로 끝난다'고 말하는 걸 듣고 고개를 끄덕인 적이 있다"라고 말했다. -- 동아일보

지난해 언론에 가장 많이 등장한 신조어 중의 하나가 고착화되어가는 양극화 현상을 일컫는 '금수저, 흙수저론'이었다. 말 그대로 한국에서는 더 이상 개천에서 용이 나오는 것을 기대하기 어렵다는 자조적 표현이다. 지난해 말 통계청이 발표한 자료가 이를 뒷받침하는데, 세대 내 계층 상향이동 가능성을 비관적으로 보는 응답자는 60%를 넘었고, 긍정적 응답을 한 비율은 20%로, 대부분이 본인의 노력에 의한 경제적 계층이동은 불가능하다고 생각하고 있다. 20년 전에는 60%가 가능할 거라고 생각했던 것과 정반대의 결과인데, 특히 경제 활동의 주역이라고 할 수 있는 30~40대의 70%가량이 계층상승에 비관적 인식을 나타냈다고 한다. -중앙일보

'흙수저, 헬조선, 삼포세대, 88세대…'

우리나라 20-30대 젊은이들은 그 어느 때보다 심각한 자조의 시대를 살고 있다. 나 또한 그랬다. 3년여간 눈물 나는 백수생활을 견디고 겨우 들어간 언론사를 5년만에 그만두고 2010년 돌연 영국 유학 길에 올랐을 때. 사람들은 말렸다. "왜 좋은 직장 때려치우고 가느냐" "유학 해도 해외 취업이 쉬운 줄 아냐." " 갔다오면 네 나이가 몇인 줄 아냐" 등등.

하지만 나의 이유는 분명했다. 학벌, 집안, 외모… 거의 모든 사회적 카테고리가 서열화되어 있는 대한민국이라는 나라에는 내가 뛰어넘을 수 없는 벽들이 너무 많았다.

아무리 노력하고 발버둥을 쳐도 한국에서 성공하려면 가장 중요하다는 집안 배경과 경제력, 혈연, 지연, 학연 등 인맥을 내힘으로 능가할 순 없었다. 심지어 나는 소위 말하는 SKY(서울대-고려대-연세대) 명문 대학을 나온 개천의 용이었음에도 말이다.

실제로 동아일보와 한국 개발연구원(KDI)이 전국 19세 이상 성인 남녀 1000명을 대상으로 설문조사를 한 결과, 취업 및 출세를 위해 가장 중요한 것으로 '혈연 지연 학연 등 인맥'(36.8%)이나 '경제적 배경'(28.5%)을 꼽은 비율이 절반을 넘었다.

　나 역시 이 결과에 동의한다. 영어가 짧은 외국인임에도 불구하고 내가 한국보다 싱가포르에서 취업하는 것이 더욱 수월하다고 느꼈던 이유 가운데는 대한민국이 공정경쟁이 가능한 실력 사회가 아니었다는 요인이 강하게 작용하였으리라 짐작된다.

　실제로 2016년 불거진 '최순실 사태' 2019년 버닝썬사태 등을 통해 본 우리 사회의 부패 행태는 돈과 권력이면 대학 입시, 학점, 취업은 물론 마약, 성 관련 범죄의 조작 및 은폐까지...가히 모든 것이 가능한 나라가 바로 대한민국이라는 믿기 힘든 현실을 낱낱이 보여준다. 흙수저들에게 더 이상 노력할 의지와 동기조차 부여하지 않는 불평등한 구조인 탓이다.

　나는 그래서 공든 탑을 무너뜨렸고, 어렵게 얻은 타이틀을 버리고, 훌훌 털고 애증의 대한민국을 떠났다. 하지만 결과적으로 난 대한민국에서 보다 적게 노력하고도 외국에서 더 큰 결실을 얻어낼 수 있었다.

　외국인이기에 어차피 밑바닥이라는 생각은 되려 '뭘 해도 진다'는 패배주의를 치유하고, 자유와 해방감을 안겨 주었다. 나는 외국인이었기에 모든 사회적 카테고리에서 꼴지를 하더라도 내가 만든 길 위에선 1등이었다. 왜냐면 나는 그들과 다른 열외자이기 때문.

영국에서 1.5평 남짓한 기숙사 방에서 볶닭이며 살아도, 싱가포르에서 5년간 이사를 7번이나 하며 떠돌이의 삶을 살았어도, 난 행복했다.

왜냐면, 이곳에서는 내가 노력만 하면 뭐든지 이룰 수 있으리라는 믿음과 확신이 있었기 때문이었다.

2010년 5월부터 2016년 11월까지 만 6년 5개월 동안, 나는 한국에서의 고질병이었던 위염이 단 한 번도 재발된 적이 없다. 한국에서 시달렸던 정체불명의 마른기침도 단 한 번도 시달려 본 적이 없다.

방 한 칸, 차 한 대 없는 외국인 유학생, 외국인 노동자였지만 행복했고 충만했다. 노력해도 패한 게임이라는 패배주의와 바닥을 친 낮은 자존감 대신, 브리티시 드림, 싱가포리안 드림을 꿈꾸며 아무도 가지 않은 길을 걷는다는 한 가지 사실만으로도 성취감과 위로를 느꼈기 때문이다.

해외 취업이 정답은 아니다. 유일한 해법도 아니다. 영국과 싱가포르란 나라가 마냥 좋기만 한 나라인 것도 결코 아니다.

하지만 내가 살 곳과 국적마저도 선택할 수 있는 이 자유주의 과잉 시대에 감히 흙수저들에게 고한다. 절이 싫으면 중이 떠나라고. 이는 패자의 도피가 아니다. 승자가 되기 위한 전략적 이주다.. 그리고 분명 똑같은 노력에 대한 결실은 더욱 크고 값질 것이라 장담한다. 왜냐면, 적어도 당신들이 스스로 선택한 그곳은 계층의 징검다리가 존재하는 실력 사회, 공정경쟁 사회일 것이기 때문이다.

그냥 하는 장밋빛 전망이 아니다. 이건 실제 상황이다..

지난해 미국의 경제전문지 포브스가 발표한 글로벌 부자 순위 톱 10을 보면 마이크로소프트의 빌 게이츠(1위), 인디텍스의 아만시오 오르테가(2위), 아마존의 제프 베조스(5위), 페이스북의 마크 저커버그(6위), 오라클의 래리 앨리슨(7위) 등이 세계 최대 부호 명단에 이름을 올렸는데, 이들은 모두 부모로부터 상속받은 부자가 아닌, 자수성가형 혁신 기업 창업자란 공통점을 가지고 있다. 국가별 부자 순위 상위 50인의 자료를 보면 중국은 상위 50명 가운데 알리바바의 마윈, 텐센트의 마화텅, 바이두의 리엔홍 등 인터넷 혁신 3인방을 비롯해 창업자가 49명이다. 반면 한국은 12명에 불과하고, 단 1명만이 상속자인 중국에 비해 한국은 상속자가 38명으로 한국의 계층 고착화 수준이 어느 정도인지 알 수 있다. - 중앙일보[4]

싱가포르에서 미국계 다국적 기업에서 근무하면서 느꼈던 가장 큰 차이점은 외국은 굳이 정치를 하지 않아도 실력이 있으면 윗사람이 잘 이끌어준다는 점이었다. 입사 후 비록 텃세를 부리는 일부 싱가포리안 동료들 때문에 시달렸지만, 이 오피스의 가장 높은 자리에 있는 인디언 여자 디렉터가 나를 든든히 밀어주고 있었다.

나는 그녀와 점심식사 한 번조차 안 한 일면식밖엔 없는 사이였지만, 그녀는 내가 쓴 분석 리포트를 보고는 없던 상(월별 분석 리포트상, Monthly Analytics Awards)까지 만들어서 나를 칭찬하기에 적극적이었다.

50대의 나이에도 불구하고 탄탄한 몸매와 긴 생머리를 유지했던 그녀는 '걸 크러쉬'를 유발할 정도로 카리스마가 넘치는 리더였다. 그녀는 싱가포르 전체 임직원이 cc가 된 이메일을 보내, "이번 달 상은 수지(가명)의 분석 리포트가 받았다"며 손발이 오그라들 정도로 칭찬을 해주었다.

그렇다고 내가 그녀에게 밥을 같이 먹자고 하거나, 살갑게 지냈다거나 한 적도 전혀 없다. 그저 열정적으로 일하는 후배가 더 열심히 일할 수 있도록 공정경쟁과 투명한 보상을 통한 선순환 구조를 만드는 것이었다.

사실, 이 회사를 다니며 느낀 건, 외국에선 실력자가 왕이라는 것. 아무리 인맥이 좋고 소위 레퍼런스라고 하는 '백'으로 입사를 하더라도 실력이 없으면 가차 없이 잘린다. 반대로 아무리 외국인이고 아는 이도 하나 없고 정체불명의 배경을 가진 사람이라도 실력만 있으면 왕처럼 대접받는다. 그리고 초고속 승진과 초고속 월급 인상을 맛볼 수 있다. 계층 이동의 황금사다리가 여전히 존재하는 증거다.

흙수저라 미안했고, 흙수저라 상처 받았던 나의 자존감은 8년여간의 해외 생활을 통해 치유받기 시작했다.

제**12**화 한국엔 없는 '잡'

HSBC 은행이 발간한 'Expat Explorer 2016'에 따르면 해외에 나가 일을 하고 있는 '엑스펫(Expatriate, 주재원을 포함한 잡 노마드)' 가운데 밀레니얼 세대들의 22%가 직업적인 목적에서 외국행을 택했다고 답했다. 이들의 49%는 엑스펫으로서의 직업적 만족도가 모국에서보다 높다고 응답했고 이들의 52%는 외국에서의 직장 문화가 모국에서보다 낫다고 답했다.

"밀레니얼 세대는 1980년대 초(1980~1982년)부터 2000년대 초(2000~2004년)까지 출생한 세대를 일컫는다. 미국 세대 전문가인 닐 하우와 윌리엄 스트라우스가 1991년 펴낸 책 '세대들, 미국 미래의 역사(Generations:The History of America's

*Future)'*에서 처음 언급했다. 밀레니얼 세대는 *X세대* 다음 세대라고 해서 *Y세대*로 불리거나 컴퓨터 등 정보기술*(IT)*에 친숙하다는 이유로 테크 세대라는 별명을 갖고도 있다. *2008년* 글로벌 금융위기 이후 사회생활을 시작해 다른 세대보다 물질적으로 궁핍해 결혼과 내 집 마련을 포기하거나 미루는 특징이 있다."

밀레니얼 세대의 한 명으로서 나도 이 같은 설문조사 결과에 전적으로 동의한다.

특히 나의 경우 한국에는 존재하지 않는 직업을 갖고 있었기에 나의 '외노자(외국인 노동자)' 생활은 더더욱 직업적 목적이 컸다.

내가 하던 일은 아시아 오일, 에너지 원자재 트레이딩 시장의 중심지인 싱가포르에서 원자재 선도시장의 기준 가격을 책정하고 시황 및 산업을 분석하는 것이었다. 내가 맡은 시장은 원유인 크루드 오일(Crude Oil)에서 나온 나프타(Naphtha)를 원료로 생산한 다양한 석유화학 제품의 선도 거래 시장이었다.

나의 주요 업무는 매일 관련 시장을 체크하고, 싱가포르 시간으로 오후 4시부터 4시 반까지 열리는 아시아 오일 & 에너지 장외거래(OTC, Over the Counter) 시장에서 비드(Bid)와 오퍼

(Offer), 딜(Deal) 가격을 취합해 다양한 석유화학 품목의 벤치마크 가격을 산정하는 것이었다.

그런 다음, 매일매일 시장 상황을 담은 시황 보고서를 작성하고, 주별, 분기별, 월별, 연도별로 각 품목별 가격 전망 심층 보고서를 쓰고 각 품목의 벤치마크 가격 산정 방법론을 연구하고 리얼타임 뉴스를 제공하는 일이었다.

또 회사 주최로 열린 석유화학 콘퍼런스에 발표자로 참석해 내가 맡은 시장의 시황과 가격 전망을 전달하고, 아시아 석유화학 콘퍼런스 (APIC, Asia Pacific Petrochemical Industry Conference) 같은 대외 행사에서 발표를 하는 것도 주요 업무에 포함됐다. 참 복잡하지만 다양한 일들을 했다.

트랜스포머형 잡

내가 다니던 회사는 하드웨어적으로는 미디어 회사였지만 소프트웨어적으로는 증권사, 투자은행(IB), 금융정보제공업체, 컨설팅, 트레이딩 등 다양한 업태를 포함한 매우 독특한 성격을 지니고 있었다.

당연히 내가 하는 일도 25%는 증권사 주식 애널리스트의 원자재 시장 버전에다, 25%는 컨설팅사의 컨설턴트, 25%는 트레이더, 나머지 25%는 언론사 기자 같은 포지션이었다. 아주 독특하고도 혁신적인 직업이 아닐 수 없었다.

당연히 '한국엔 없는 일'이다.

한국으로 치면, 주식 애널리스트, 컨설턴트, 트레이더, 기자 등 최소 4가지의 직업을 혼합한 유형의 직업인 셈이다.

싱가포르에는 이런 융합형 직업이 매우 많았다. 그리고 우리가 모르는 산업과 기업도 엄청나게 많았다. 예컨대, 우리 회사와 비슷한 업태만도 오일 & 에너지, 철강, 인수합병(M&A), 곡물 트레이딩 등 5-6개가 넘었고 그 하나하나의 업태에 최소 3-4개의 경쟁사들이 존재했으니, 내가 아는 곳만 해도 20-30곳을 넘는다.

하지만 모조리 한국에는 없는 산업, 기업, 직업들이다. 한국의 젊은이들이 왜 일자리 가뭄에 허덕이는지 알 만 한 대목이다.

싱가포르가 강점을 보이고 있는 금융·원유 거래·마이스(MICE) 산업은 우리가 그 존재조차 알지 못하는 수많은 혁신형 일자리를 만들며 자국 청년 실업을 해소하는 마중물 역할을 하고 있다. 싱가포르엔 한국만 한 굴뚝산업은 없지만 굴뚝 없는 21세기형 서비스·지식 집약산업을 바탕으로 더 큰 부가가치를 만들어 내고 있는 것이다.

"MICE는 회의(Meeting), 포상관광(Incentives), 컨벤션 (Convention), 이벤트와 전시(Events & Exhibition)의 머리글자를 딴 것이다. '황금 알을 낳는 거위', '굴뚝 없는 황금 산업'으로 불리며 새로운 산업군으로 떠오르고 있다. 가시적 경제 효과 외에도 성공적인 국제회의 개최를 통해 인프라 구축, 국가 이미지 제고, 정치적 위상 증대, 사회·문화 교류 등의 긍정적 효과가 발생한다."[2]

뿐만 아니라, 싱가포르에서 일하는 외국인 노동자들은 단순 반복적 일을 하는 저임금 노동자가 아니라, 고학력 전문직 종사자들이 대부분이다. 심지어 다른 나라의 경우 자국민을 채용하는 공무원 가운데도 외국인이 상당수 있다.

내가 아는 미국 뉴욕 태생의 중국계 미국인 친구 테드(Ted)는 뉴욕대학교를 졸업한 뒤 고액 연봉을 쫓아 싱가포르 국토 개발청(Singapore Land Authority)에 공무원으로 입사했다. 싱가포르의 적극적인 외국인 기업과 외국인 인재의 유치가 경제성장과 산업 혁신으로 이어지는 이유다.

반면, 우리나라의 경우 지난해 외국인 경제 활동인구가 처음으로 100만 명을 넘어섰지만, 교수·연구인력 등 고부가가치를 창출하는 전문 인력 비중은 겨우 5%를 밑도는 상황이다.

"주요 선진국들은 정부가 인구구조와 국제환경 변화에 대응하는 중장기적인 이민정책을 확립해 운용하고 있다. 실제 제조업 중심 산업구조와 보수적인 이민정책 등 여러 면에서 한국과 유사점이 많았던 독일은 저출산·고령화와 우수 과학인재 부족 현상에 시달리면서 빗장을 열어젖혔다. 이를 위해 독일은 2012년 8월 외국인 전문인력 유치를 위한 '블루카드 제도'를 도입해 외국인 전문 인력에게 요구되던 자격 요건을 대폭 완화했고, 영주 허가 획득에 필요한 체류기간도 줄여줬다."[3]

매일 밤 퇴근 후 한국 드라마를 보며 향수병에 허우적 대면서도 코리아 노마드의 삶을 접고 선뜻 귀국을 선택하지 못했던 이유가 바로 여기 있었다.

'한국에는 없는 일이다.'

한국엔 왜 없을까? 참으로 안타까웠다. 일단 내가 몸담았던 업계만 보더라도, 기본적으로 한국은 허브(Hub) 산업이 드물다. 아니 없다. 허브 하면 생각나는 것 두 가지는 한국의 인천공항이 동북아 물류 허브 공항으로 거듭나겠다는 계획과 박근혜 정부가 창조경제 일환으로 추진하다 흐지부지 되어가고 있는 동북아시아 오일 허브 전략… 이 정도다. 두 가지 모두 경쟁국인 중국을 비롯 다른 아시아 국가들에 이미 꽤 많이 뒤처

져 있다.

그렇다면 과연 한국엔 없는 이 같은 획기적이고 참신한 산업들이 왜 싱가포르에는 존재하는 것일까? 그렇도 연평균 온도가 27-32도에 달하고 가만히 있어도 땀이 줄줄 흐르는 이 무더운 열대기후의 좁아터진 섬에 말이다. 뭐가 좋다고.

고부가가치의 선진형 산업생태계는 싱가포르가 스스로 일군 결과물이 아니다. 그저 굴지의 글로벌 기업들을 낮은 법인세를 무기로 수용해 얻은 지렛대 효과일 뿐이다. 하지만 그 결과는 어마어마 하다. 이 점이 바로 외국 기업이 진출하려 할 때마다 기업사냥, 먹튀, 국부유출의 프레임을 씌워 가로막는 한국과의 차이점이다.

싱가포르는 영국이 19세기 초 동인도회사 지배 하의 해협식민지로 편입한 이래 중계무역항으로 급속한 발전을 거듭했다. 물론 처음부터 성공적이었던 건 아니다. 1963년 9월 16일 영국으로부터 독립해 말레이시아 연방 구성원이 된 뒤 2년 뒤 또다시 말레이시아에서 추방당하며 1965년 8월 9일 완전한 독립을 이룬다. 하지만 당시 국민의 대부분이 무단 정착촌에 거주하는 빈국인 데다 좁은 국토와 천연자원 부족으로 고정 수입조차 없는 상황이었다. 게다가 유일한 수입원이었던 중계무역항도 개발이 지연되면서 물동량 정체에 빠진 상태였다.

이때 구세주처럼 등장한 지도자, 리콴유가 획기적인 정책을 내놓으면서 싱가포르는 전 세계의 최빈국 중 하나에서 전 세계 부국 중 하나로 성장을 거듭하게 된다.

이 같은 변화를 가능케 한 정책은 바로 '낮은 세금'과 '영어 공용화'였다. 싱가포르는 해외 투자를 적극 유치하기 위해 법인세를 5-10년간 면제해주는 텍스 홀리데이(Tax Holiday)를 실시하는 등 대대적인 외국인 프렌들리(Friendly) 정책을 편다. 뿐만 아니라 싱가포르에서는 60 이상 고령의 할머니 할아버지들도 영어에 능숙하다. 외국인 투자자는 물론 절세를 위해 싱가포르인이 되길 자처하는 전 세계 갑부들에게 싱가포르가 각광을 받는 이유다.

나는 한국이 싱가포르와 동일한 '낮은 세금'과 '영어 공용화' 정책을 펴야 한다는 생각을 갖고 있진 않다. 나라별로 주력 산업이 다르고 고유의 언어인 한글을 파괴해 가면서까지 영어를 무리하게 도입할 이유는 없기 때문이다.

한국엔 없는 Job

하지만 싱가포르에서 5년여간 '한국에는 없는 일'을 하며 살아가면서, 싱가포르에 감사하면서도 문득문득 질투가 난 적이 한두 번이 아니다. 한국보다 특출 나게 잘난 나라도 아니고 한국이 내세우는 조선, 철강, 자동차, 전자 등 소위 말하는 '굴뚝산업'도 없다. 4계 절도 없고 후텁지근해 기후적으로도 후지다. 국토는 서울만 해서 놀러 갈 곳도 없이 답답하다.

하지만 1인당 국내총생산(GDP)이 한국의 3배 이상이고 외국인 투자자들의 사랑을 듬뿍 받고 있다. 싱가포르에 진출하지 않은 글로벌 기업을 찾아보기 어려울 정도다. 게다가 싱가포르에선 대학 졸업장만 있으면 우리나라 스카이(SKY) 대학 출신도 들어가기가 '바늘구멍'인 굴지의 글로벌 기업에 다닐 수 있다. 부럽고 샘난다.

이런 차이가 나타난 이유가 과연 뭘까. 그중 하나는 싱가포르가 혁신적이고 창의적인 산업 구조 개혁을 거듭하는 사이, 한국은 1950년대 전후 폐허를 딛고 1960-1970년대까지 한강의 기적을 이룬 뒤론 산업 구조 개혁이 거의 정체 상태에 머물러 있기 때문이다.

한국의 산업 구조는 재벌 위주의 과거형 선단식 경영[4] 구조에서 수십 년째 벗어나지 못하고 있다. 선단식 경영이란 재벌 그룹들이 주력업체를 중심으로 '문어발식 확장'을 거듭하면서 많은 계열사들을 거느린 행태를 선단(船團)에 빗댄 것이다. 선단식 경영은 한국경제가 고도성장을 구가하던 1970-1980년대

재벌들이 정부의 금융지원을 지렛대 삼아 덩치를 키우면서 심화됐다. [4] 이렇게 몸집을 불린 산업이 바로 한국의 대표적 산업인 조선, 철강, 자동차, 전자, 석유화학 등 소위 말하는 '굴뚝산업'이다. 당연히 혁신적인 형태의 21세기형 일자리가 나올 리 만무하다.

굴뚝산업을 기반으로 수출로 먹고사는 수출의존형 경제임에도 불구하고 유독 금융과 법률 등 서비스산업을 개방하지 않은 채 우물 안 개구리식 경제구조를 갖게 된 것도 이 같은 변신을 가로막는데 일조했다.

자국의 산업을 지키고자 규제와 폐쇄적 정책으로 빗장을 걸어 놓은 결과는 서비스업 노동생산성과 글로벌 혁신 능력이 제자리걸음을 하게 만드는 부메랑으로 돌아왔다. 싸이월드(페이스북), MP3(애플 아이팟), 태블릿 PC(애플 아이패드), 민박(에어비앤비) 등 한국이 세계 최초로 만들어 놓은 상품과 비즈니스 모델은 결국 참신한 아이디어와 마케팅력, 생산 효율화로 무장한 글로벌 기업들에 번번이 시장을 뺏기기 일쑤였고, 금융, 법률 등 우리나라 서비스업의 경쟁력은 선진국을 크게 밑돌고 있다.

한국이 이렇게 '우물 안 세계화'에 빠져 있는 사이, 싱가포르는 과감한 규제 개혁과 세제 인하, 영어 공용화 등의 혁신적인 정책을 통해 외국인 직접투자(FDI)를 과감히 유치하고 경제자유화를 이룩하면서 한국처럼 노동 및 자본 집약적 굴뚝산업이 아닌 지식과 서비스를 기반으로 한 고부가가치 산업을 크게 키웠다.

다양한 산업이 융합된 '트랜스포머형 직업'이 탄생한 계기가 바로 여기에 있다.
'한국에는 없는 일' 말이다.

제13화 잡서칭 메뚜기, '짤'리기 전에 뛰어라

#1. 싱가포르에서 직장 생활을 하면서 나는 평균 한 달에 한번 꼴로 헤드헌터의 연락을 받았다. 2012년 9월 싱가포르 직장에 입사하기 전 취업 포털 사이트에 올려놓은 이력서 정보를 보고 나에게 연락을 취했던 것.

덕분에 싱가포르에서 지내던 5년여간 평균 한두 달에 한번 꼴로 인터뷰를 볼 기회가 생겼다. 총 30-40번에 달하는 인터뷰 숫자다. 한국에선 상상조차 할 수 없는 일이다.

그렇다고 나 자신이 누구나 스카우트하려고 탐을 내는 인재라고 자랑하려는 것은 아니다. 노동시장이 유연한 싱가포르에선 으레 있는 흔한 일이다. 당시 직장에서 하는 일과 처우가 마음에 들어 이직을 하진 않았지만 어떤 회사인지, 어떤 일인지 궁금해 웬만하면 인터뷰 요청에 응했다.

헤드헌터 및 인사담당자들과 여러 차례 만나고 정보를 주고받으면서 나는 어느새 스스로 커리어 패스를 관리하고 통제할 수 있는 자기 주도적 인재로 변모할 수 있었다. 기자를 꿈꾸며 100번이 넘게 지원서를 쓰고도 2년여간 달랑 10번의 인터뷰 기회만을 간신히 얻었던 한국에서의 혹독했던 취업준비생 시절과 대조적이다.

#2. 싱가포르에서 4.5년간의 회사 생활을 마치고 귀국과 함께 이직 소식을 알렸을 때 대부분 동료들의 첫 반응은 "축하한다"였다. 한국이었으면 "왜 떠나냐" "아쉽다" "누가 힘들게 했냐" 등등 다소 부정적인 반응이 주를 이뤘을 텐데, 덮어놓고 축하한다니. 참 의외였다. 그도 그럴 것이 노동시장이 유연한 싱가포르에선 평균 3-5년 내에 이직을 하는 것이 지극히 당연한 일로 받아들여지고 있었다.

이직이란 모름지기 그 사람의 몸값을 높이고 노동시장에서의 가치를 재확인하는 자격증 같은 개념으로 받아들여지고 있었다. 이직은 그 자격증을 몇 년 주기로 갱신하는 개념으로 인식됐다. 이질적인 직종을 계획성 없이 넘나드는 게 아니라,

일관성 있게 하나의 방향성 혹은 전략을 따라 움직인 것인 한, 이직은 매우 긍정적인 개념으로 이해되고 있었다.

"한 우물을 파라"는 획일화된 공식에 따라 한 직장에서 10년, 20년, 30년씩 근무하는 것을 미덕으로 삼고 있는 우리나라 노동 시장과는 딴판이었다.

#3. 싱가포르 등 외국에서는 이직을 위해 CV(Curriculer Vitae)라고 불리는 이력서 딱 한 장만 준비하면 그만이었다. 자기소개서인 커버레터(Cover Letter)를 요구하는 기업도 있지만 거의 대부분의 채용 과정은 CV 하나 내고 끝난다.

난 싱가포르에서 다니던 직장의 2차 인터뷰를 쇼핑몰 계단에서 휴대폰으로 진행했다. 1차는 대면 인터뷰와 1시간가량의 까다로운 필기시험이었지만 2차는 의외로 간단해서 당황할 정도였다. 15분가량 영국 런던에 있는 글로벌 디렉터와 통화를 마친 뒤 바로 다음 날 연봉과 처우 등이 적힌 오퍼 레터(Offer Letter)를 받으면서 나의 첫 해외 취업은 마무리됐다.

2년여간 100군데 넘게 지원서를 날리고 30번의 필기시험을 치르고, 10번 넘게 1. 차, 2차, 3차에 걸친 면접 전형을 진행하고 심지어 2박 3일간의 합숙 인터뷰까지 본 뒤에야 2%밖에 안 되는 바늘구멍을 통과했던 한국에서의 경험과 비교하면 너무도 간단했다. 한 나라의 노동시장이 유연한가, 경직되어 있는가에 따라 결정되는 취업 피로감이 이토록 달랐다.

싱가포르 등 외국에서 만난 친구들과 동료들이 이직을 대하는 태도는 한국과 딴판이었다. 물론 다 그런 건 아니지만, 한국에선 이직을 조직에 대한 배신 혹은 자기만 생각하는 이기주의의 정서로 이해하는 경우가 많다.

하지만 외국에서 이직은 몸값을 올리는 기회, 능력을 재점검하는 무대, 이종 산업으로 나아가는 통로 정도로 가볍게 인식되고 있었다. 그리고 회사를 떠난 사람 간 'Alumni(동창생) 커뮤니티' 등을 통해 퇴사자와 현직자 간에 허물없이 만나고 네트워킹하는 문화가 발달돼 있었다. 이직과 함께 귀국한 지두 달밖에 안 된 나 역시 이미 전 회사 alumni 페이스북 모임에 들어가 있다.

싱가포르에서 만난 대부분의 외국인 친구들은 CV를 마치자신의 정체성을 증명하는 신분증 인양 지니고 다니며, 업데이트하는 경우가 많았다.

그리고 심지어 해고를 당하는 경우에도, "3개월에서 6개월정도면 더 좋은 데로 갈 수 있을 것 같아"라며 조바심을 내지않는 경우가 다반사였다. 내가 지난 2016년 10월 말 다니던 회사에 사직서를 내고 이직과 함께 귀국을 결정했을 때, 내 동료 한 명도 회사를 관뒀다. 하지만 관둔 이유는 나와 달랐다. 중국계 호주인인 존(John)의 경우엔 자발적인 이직이 아니라 권고사직을 당했다. 하지만 존은 담담했다. 재취업을 해야 한다는 귀찮음은 있을지언정 세상이 끝난 것 같은 불안과 공포는 닉에게서 찾아볼 수 없었다..

그 누구도 권고사직이나 해고, 실직을 좋아할 사람은 없겠지만, 이 같은 단어만 나와도 투쟁과 파업으로 강경 대응하는 한국과는 달라도 너무 달랐다. 이 다름의 정도는 바로 노동시장이 유연한 곳과 아닌 곳의 차이만큼이나 분명했다.

나는 좌파도 우파도 아니다. 그저 사안별로 좌우를 판단하는 실용주의자이자 개인의 자유를 중시하는 개인주의자이자 자유주의자이다.

한국에는 노동시장 유연화에 대해 부정적인 시각이 긍정적인 시각보다 강한 것 같다. 나는 이 개념에 대해 잘 알지도 못할뿐더러, 노동시장 전문가도 아니다. 하지만 정치성향과 이념을 떠나 내가 몸소 체험했던 노동시장이 유연한 나라와 유연하지 않은 나라의 차이는 '불안'과 '불편함'의 유무에서 엇갈렸다.

노동시장이 유연한 나라는 해고와 재취업에 대한 불안이 적었고, 노동시장이 경직된 나라는 불안이 컸다. 또 노동시장이 유연한 나라는 취업 과정이 불편하지 않았고, 경직된 나라는 취업 과정이 매우 복잡하고 불편했다. 그게 내가 체험한 전부다. 그리고 이는 나의 주관적인 생각만은 아닌 것 같다.

올해 초 세계경제포럼(WEF)에서 스위스 금융회사인 UBS가 발표한 각국 4차 산업혁명 적응력 순위에서 한국은 종합 25위를 차지했다. 세계 11위 경제대국인 우리나라 위상과는 맞지 않는 부끄러운 순위였다. (중략) 그런데 한국의 경우 교육 시스템(19위), 사회간접자본(20위), 기술 수준(23위)등은 양호했지만 법·제도 유연성(62위), 노동시장 유연성(83위)에서 참혹한 결과가 나왔다.

한국의 노동시장이 왜 불안하고 불편했는지 위 기사 내용만으로도 짐작이 간다. 게다가 최근엔 또 다른 적수가 등장했다. 바로 '로봇'이다.

인공지능(AI)과 로봇 기술의 발달에 따라 2025년이 되면 국내 취업자의 61.3%가 일자리를 잃을 수 있다는 분석이 나왔다. 지난해 국내 전체 근로자(2659만 명)를 기준으로 하면 약 1630만 명이 AI·로봇에 일자리를 빼앗길 수 있다는 의미다. 특히 청소원, 주방 보조원, 매표원과 복권 판매원 등 단순 노

무직 종사자는 실직할 가능성이 높은 반면 회계사, 항공기 조종사, 투자·신용 분석가 등 전문직 종사자는 일자리를 잃을 가능성이 상대적으로 낮은 것으로 나타났다.

로봇 자동화 등을 필두로 한 기술의 진보와 4차 산업혁명은 가뜩이나 경직된 우리의 유연하지 않은 노동시장에 불안감과 불편함을 가중시키는 또 하나의 복병으로 떠올랐다.

나는 노동시장을 경직된 상태로 유지하는 것이, 실직과 해고의 불안감을 해소하고 취업과 재취업의 불편함을 제거하는 유일한 해법이 되지 않는다고 믿는 한 사람이다. 내가 믿는 노동시장의 존재 이유는 노동을 필요로 하는 기업과 단체 등 사회와 노동을 제공하고자 하는 개인 간 수요와 공급이 만나는 시장의 개념으로 접근해야 한다. 그리고 수요와 공급이 만나는 접점은 시장의 변화와 진보의 속도에 따라 위치가 달라지는 게 당연하다.

게다가 최근 불어닥친 4차 산업혁명은 과거와 전혀 다른 노동시장의 수요와 공급 곡선을 선보일 태세를 하고 있다. 직업 전환율은 이전보다 빨라질 것이고 사라지는 직업의 숫자도 늘어날 것이다. 더 이상 기득권에 안주해 '밥그릇 챙기기'에만 급급한 경직된 노동시장을 고집한다고 문제가 해결되지 않는단 얘기다.

The idea that you study and then have a career in one company is gone. You need to renew your skills every five years. (평생직장의 개념은 끝났다. 이제 우리는 매 5년마다 직업 기술을 갱신해야 하는 시대를 살고 있다.)

- 스테판 카스리엘(CEO, Upwork)

2017년 1월에 열린 다보스포럼에 참석한 기업인이 남긴 얘기다. 나는 이 말에 전적으로 동감한다. 유연한 노동시장은 선택이 아니라 현실이다. 그리고 유연한 노동시장을 실직과 해고로만 이해해선 안 된다.

반대로 생각하면, 여기선 취업과 재취업이 수월하다. 우리가 늘 좋다고 입버릇처럼 말하는 노동시장의 선순환 구조도 여기서 시작된다.

최근 나의 눈길을 끈 공익광고가 있다. 격무에 찌든 중년의 직장인은 "퇴근하고 싶다"라며 한숨을 내쉬고, 반면 번번이 취업에 고배를 마신 취업준비생은 "출근하고 싶다"며 푸념을 늘어놓는 장면이다.

나가고 싶은 사람은 나가기 어렵고, 들어오고 싶은 사람은 들어오기 어려운 경직된 노동시장이 만들어낸 비극의 단면을 효과적으로 보여주는 수작이다. OECD(경제개발협력기구) 국가

중 가장 오랜 시간 업무를 하는 나라 중 하나로 꼽히면서도 노동생산성은 밑바닥을 맴도는 이유도 바로 이 같은 악순환 구조에서 비롯됐다.

이 같은 악의 고리는 사상 최악의 취업난에 시달리는 밀레니얼 세대의 좌절과 기존의 전통적 일자리를 위협하는 4차 산업혁명이 만나면 재앙이 된다.

특히 1980년대 초부터 2000년대 초에 태어난 밀레니얼 세대의 고통이 극심하다. 세계적으로도 밀레니얼 세대는 로봇과 인공지능(AI)에 밀려 일자리 시장에서 고전하는 세대로 꼽힌다. 앞 세대보다 더 많이 공부하고도 취업난과 경제적 어려움을 겪으며 사회에 대한 절망감이 큰 세대로 불린다. 이번 조사에서 "한국 사회의 일자리 기회가 적다"는 응답이 67.6%를 차지했다. (중략) 양질의 일자리가 늘지 않는 이유에 대해 '기득권 노조'(27.6%)와 '경직된 産業규제'(25.9%)를 꼽은 응답자가 많다.

외국엔 갭이어(Gap Year)라는 것이 있다. 격무에 지친 직장인들이 수개월에서 1년가량 휴식을 취하며 그동안 해보지 못했던 취미생활이나 자기 계발을 통해 방전된 에너지를 보충하는 시간이다.

물론 국내의 일부 대기업들도 안식년 제도를 도입했다. 하지만 여전히 갭이어를 갖는다는 건 경력단절자 혹은 장기 백수가 될지 모르는 리스크다. 재취업이 쉽지 않고 불편한 경직된 노동시장을 갖고 있는 탓이다.

워크 라이프 밸런스(Work-Life Balance)가 불가능한 이유도 맥을 같이 한다. 일과 삶의 균형은 헤드헌터들이 평균 한 달에 한 번꼴로 연락이 오는 실업률 2%대, 노동시장이 유연화된 싱가포르 같은 나라에서나 가능한 배부른 소리일지 모른다.

하지만 이미 우리는 기술의 진보로 언제 어떻게 어떤 직업이 순식간에 사라질지 모르는 급변하는 시대를 살고 있다. 유연한 재취업과 실력이 바탕이 된 재도전으로 시시각각 대응하지 않으면, 살아남을 수가 없는 구조다.

노동시장 유연화를 공포와 불안의 이미지로만 바라보기보단, 미래 사회의 메가트렌드로 수용하고 늘 준비하고 공부하며 대비하는 자세를 취하는 게 로봇과 경쟁할 다가올 미래에 보다 지혜롭게 대처하는 해법이라고 본다.

나는 지난 10여 년 간의 직장 생활 기간 동안 총 4개의 직업을 가졌다. 기자(2006-2010), 애널리스트(2012-2016), 마케터(2016-2017), M&A 자문 컨설턴트(2017~2018) 그리고 현재의

에너지 애널리스트(2018~). 그리고 앞으로도 몇 개의 직업을
더 가질 계획이다.

경직된 한국의 노동시장을 떠나 코리아 노마드로서 유연한
해외 노동시장을 경험했던 덕분이다.

혹자는 한 직장에 적응하지 못하고 갈팡질팡한다고 폄하할
지 모르지만, 나는 진지하게 내 커리어의 일관성과 방향성을
면밀히 연구해왔다.

인접 직업으로 이동하면서, 기존의 전문성으로 더욱 많은 시
너지를 냈고, 이종 직업 간의 결합으로 트렌드의 변화에 민첩
하게 대응하며 혁신적인 아이디어를 냈다. 덕분에 옮기는 곳
마다 언제나 퍼포먼스상을 받아왔다.

시장의 변화를 감지하고 발 빠르게 액션을 취한 것도 이 같
은 커리어 패스를 걷게 한 동력이 됐다.

인터넷 언론의 등장으로 기존 언론 산업이 레드오션으로 변
해갈 무렵, 보다 전문성을 갖춘 직업을 갖기 위해 유학을 떠
났고, 유가가 배럴당 $100 이상을 구가하던 호시절에 석유화
학 애널리스트가 되었다.

기자 시절 갈고 닦았던 분석력과 다양한 산업계 경험은 폭넓은 시각과 깊이 있는 통찰력으로 한 산업을 파고들 수 있는 밑거름이 됐고, 美 셰일가스 혁명으로 유가가 배럴당 $50대로 반토막이 났을 때 브랜드 마케팅 전문가로 직업을 바꾸며 귀국했다.

석유화학 업계가 구조조정기에 접어들 무렵에는 M&A(기업 인수·합병) 전문가로 변신해 그동안의 다양한 경험을 십분 활용, 시너지를 냈다. 그리고 현재는 내가 가장 행복했고 잘 할 수 있었던 직업인 에너지 마켓 애널리스트로 복귀했다.

그리고 이변이 없다면, 향후 5-7년 후엔 그동안 쌓은 지식과 경력을 십분 발휘할 수 있는 또 다른 인접 분야에서 시너지를 낼 계획이다.

취업이 뜻밖의 선물, 인생의 목표, 로또당첨, 가문의 영광이 아니라 내가 즐겁게 잘 살 수 있는 모멘텀이 되려면...
그리고 노동시장에서 영원한 '을'이 되지 않으려면 우리는 항상 뛸 태세가 되어 있어야 한다.

로봇과 경쟁해야 하는 시대, 나의 선택은 '잡서칭 메뚜기'다.

제**14**화 닮은듯 다른 2세 지도자, 박근혜와 리셴룽

2015년 3월 말. 싱가포르 중서부 지역 부킷 티마(Bukit Timah) 인근. 장대비가 내리던 날이었다. 도로엔 이상하게도 차가 없고 사람들은 우산을 쓰지도 않은 채 비를 쫄딱 맞으며 삼삼오오 분주하게 어디론가로 향하고 있었다. 난 이날 친구와의 늦은 점심 약속 시간을 지키기 위해 택시를 애타게 찾고 있었다. 하지만 도로 통제와 사람들의 행렬로 교통이 마비돼 친구와의 약속에 결국 1시간이나 늦고 말았다.

마치 한국에서 열렸던 2002년 월드컵 당시 응원 행렬을 연상케 했던 이 무리의 정체는 바로 리콴유 싱가포르 초대 총리의 운구 행렬을 지켜보며 마지막 작별인사를 나누려는 싱가포르 국민들이었다.

나는 아직도 이날을 생생히 기억한다. 2011년 12월 29일 처음 싱가포르란 나라에 도착해 8년여간을 살며 이날까지 이토록 싱가포르가 부산스러운 걸 본 적이 없다. 인디언이 많이 사는 리틀 인디아(Little India)에서 방글라데시 등에서 온 노동자들이 버스 유리창을 부수고 차량을 불태워 1명이 죽는 등 44년 만의 폭동이 일어났던 2013년에도 보지 못했던 광경이었다.

사람들은 가족끼리, 연인끼리, 친구끼리 삼삼오오 모여 손에는 작은 꽃과 싱가포르 국기를 들고 비가 내리는 이 궂은 날씨에도 길거리로 쏟아져 나왔다.

이들은 "리콴유, 리콴유!"를 외치며 조만간 별이 될 싱가포르 국부(國父)의 마지막 곁을 지켰다. 이 광경은 싱가포리안이 아닌 외국인의 눈시울마저 붉히게 할 만큼 가슴 뭉클했다.

이날 리콴유 전 총리는 싱가포르 국립대학(NUS·National University of Singapore) 문화센터에서 국가 장례식을 마치고 시티홀, 파당 공원 등 시내 곳곳을 돈 뒤 북쪽으로 13km 떨어진 만다이 화장장에서 한 줌의 재로 영면에 들어갔다.

1965년 말레이시아에서 독립할 무렵 1인당 국내총생산(GDP)

이 고작 500달러에 불과했던 신생 독립국 싱가포르를 31년간 통치하면서 반세기 만에 1인당 GDP 5만 달러 이상, 아시아 1위, 세계 8위의 부자 나라로 키운 '아버지' 리콴유에 대한 싱가포르인들의 존경심은 남달랐다.

민주주의를 후퇴시킨 '독재자'라는 비판 속에서도 리콴유는 반세기가 지난 현재까지도 대다수의 싱가포르인들의 가슴속에 '존경하는 지도자, 나라의 아버지'로 각인돼 있었다.

실제로 내 주변 싱가포리안 친구들은 리콴유 서거 당시 페이스북에 존경과 감사를 표하는 글들을 많이 남겼다. 누가 시킨 것도 아니고, 내 친구들이 특별히 신민 의식이 강한 것도 아니었다. 자발적인 감사와 존경의 표시에서 나온 행동이었다.

리콴유에 대한 싱가포르인들의 자부심과 존경심을 반영한 듯 나의 싱가포리안 친구들은 '민주주의를 역행한 독재자'라는 서방 언론들의 보도를 반박하는 글을 자신의 SNS에 앞다퉈 올리기도 했다.

사실 싱가포르에 거주하는 한국인들끼리는 종종 '싱가포르는 잘 사는 북한'이라는 흠집 내기 식 농담을 자주 주고받곤 했다. 하지만 분명 이곳은 북한과 달랐다. 싱가포르의 지도자를 찬양하는 이들은 모두 자발적이었기 때문. 내심 부러운 대목이다. 나에겐 한국에서 존경하고 찬양할 만한 지도자가 없다. 그리고 앞으로도 생기기 힘들 것 같단 예감이 든다.

서방 언론의 표현에 따르면 싱가포르는 여전히 '세습 독재' 국가다. 리콴유의 2세인 리셴룽 총리가 지난 2004년부터 현재까지 사실상 일당 독재 체제를 기반으로 국정을 이끌고 있기 때문이다. 야당이 존재하긴 하나 거의 병풍 수준이다. 지난 총선에서 집권 여당인 인민행동당(PAP)이 또다시 대승을 거둠으로써 1965년부터 단 한 번도 정권교체가 된 적이 없다. 하지만 큰 불만은 없어 보인다. 리콴유에 대한 존경심은 어느새 리셴룽에게로 옮겨 붙은 듯했다.

무엇이 이들을 이토록 충성스러운 '신민(臣民)'으로 만들었는가.

2016년 11월 16일 이직과 함께 귀국한 나는 나 스스로 한 결정에 대한 후회와 한국인이라는 자괴감으로 몇 달을 끙끙댔다. "한국은 역시 아니야…"라는 실망감으로 밤마다 관련 뉴스에 경악하며 잠을 제대로 못 이뤘다. 7년여간의 노마드 생활을 접고 고국에 금의환향(?)한 나를 반긴 건 다름 아닌 전 세계 유례가 없는 사상 초유의 국정농단 사태였기 때문이다.

이 사실을 처음 접한 건 내가 새 회사의 오퍼를 수락한다고 헤드헌터에게 통보하고 싱가포르에서 다니던 회사에 사표를 제출한 바로 직후였다.

싱가포르 언론들은 '무당의 지원을 받은 박근혜 정권 스캔들이 한국을 휘젓고 있다'라며 연일 대대적으로 보도했다. 한국의 라스푸틴이라 불리는 최순실의 이름을 모르는 외국인 친구들을 찾기 어려울 정도였다.

싱가포르에서 가깝게 지낸 외국인 친구들은 싱가포리안, 인디언, 미국인, 영국인 등 인종을 가릴 것 없이 "너희 나라에 무슨 일이 터진 거니. 최하고 박이 어쨌니?"라며 문자를 날리기 시작했다.

한국에 돌아온 덕에 외국인 친구들에게 '쪽팔림'을 당하지 않게 돼 한편으론 다행스러우면서도, 부끄럽고 개탄스러운 대한민국 정치의 현주소를 보면서 나의 귀국 결정을 가슴을 치며 후회, 또 후회했던 게 사실이다.

박근혜와 리셴룽. 둘 다 산업화의 기적을 일군 독재자 아버지의 바통을 이어받은 2세 지도자다. 하지만 현재 이들에 대한 양국 국민들의 평가는 극명하게 엇갈린다.

1952년생. 나이도 똑같고 대학교 전공까지 전자공학으로 똑같은 이 둘의 행보는 하늘과 땅 차이. 국부(國父)로 추앙받는 아버지의 전통을 이어받았지만 아버지 시절의 권위주의적 통치 방식을 극복하고, 국민과 소통하고 발로 뛰며 존경받는 지도자로 성장해 가고 있는 리셴룽. 반면, 권력을 사유화하고 직무를 유기한 채 대통령으로 도저히 할 수 없는 상식 밖의 행동들을 보여 준 '유신 공주' 박근혜.

뿌리는 같되 과정과 결과는 전혀 다른 싱가포르와 한국의 독재자 2세 지도자들의 국정 행보는 이들에 대한 양국 국민들의 전혀 다른 평가를 만든 핵심이다.

'(싱가포르가) 참 부럽고, (박근혜라서) 참 부끄러운 2016년'이었다. 돌이켜 보면 싱가포르에 8년여를 살면서 마음에 안 들고 비판하고 싶었던 구석이 한두 가지가 아니었다. 싱가포르란 나라는 어찌 보면 국가 브랜드 이미지 홍보가 기가 막히게 잘 된 거품이 잔뜩 낀 나라라는 생각이 들 때가 무척이나 많았다. 한국이라면 더 잘했을 텐데...한국도 굴지의 글로벌 기업들을 잘 유치할 수 있었을 텐데...란 자신감과 아쉬움이 교차했던 지난 5년이었다.

싱가포르에서는 껌을 절대 살 수가 없었고, 지하철이나 버스에서 음식물은 물론 물 한 모금조차 마실 수 없었다. 밤 10시 반 이후에는 마트와 편의점에서 시원한 맥주 한 캔도 구입할 수 없었다. 공항을 드나들 때 혹여 누군가가 내 짐에 나 몰래 마약이라도 넣지 않았을까 노심초사했다. 왜냐면 싱가포르에서 마약 사범은 무조건 사형이다.

혹시라도 나도 모르게 크고 작은 범죄에라도 비자발적으로 엮이지 않을까 걱정하기도 했다. 왜냐면 싱가포르에선 사소한 절도범에게도 물볼기와 채찍질을 가하는 반인륜적 태형이 존재한다.

외국인을 포함, 550만여 명밖에 안 되는 인구에 비해 너무 큰 규모로 지어진 종합 정신병원을 보며 '왜 이런 게 필요할까. 저곳엔 혹시 반정부 정치범들이 수용되어 있지 않을까' 하는 의구심을 가진 적도 많다. 내가 한때 살았던 부앙 콕 (Buangkok)이라는 지역에는 내 평생 본 병원 중 가장 큰 정신병원이 있었다.

언론을 통제해서 반정부적인 색채의 기사가 한 줄도 안 나오는 나라. 로이터, 다우존스, AP통신 등 서방 언론사의 기자들이 반정부적인 기사를 한 줄이라도 쓰면 체류증 연장을 안 해주거나 추방까지 해 버리는 나라.

3명 이상이 모여 반정부적인 언행을 하면 영장 없이도 연행이 가능한 우리나라로 치면 국가보안법 격인 내국 안전법

(Internal Security Act)이 현존하는 나라. 나는 이런 꽉 막히고 시대착오적인 싱가포르를 그다지 좋아하지 않았다. 그래서 결국 떠났다.

중국인, 인도인, 말레이시아 등 다양한 인종이 모여사는 다민족 국가의 어쩔 수 없는 자구책이라 말하는 사람이 많지만, 실제로 싱가포르에 살아보면 말도 안 되고 답답하다는 생각이 들 때가 많을 것이다.

그러면서 종종 한국에 함께 출장 온 싱가포리안 회사 동료들이 시청 앞에서 시끄럽게 집회를 하는 한국인들을 보며 비아냥 거리기라도 할라치면, "한국은 민주주의 혁명으로 탄생한 '진정한' 민주 국가라 이런 집회와 발언의 자유가 있어"라며 잘난 척을 해왔던 나인데.

그런 자부심이 한순간에 와르르 무너지는 순간이었다. 차라리 관두고 돌아오길 잘했다는 생각이 들었던 건 단지 쪽팔림을 면할 수 있단 이유에서였다.

똑같이 독재자에 의한 산업화를 이룬 두 나라였지만, 그래도 한국은 민주화 혁명을 통해 제대로 된 시민 민주주의가 꽃피웠다는 자부심으로 늘 싱가포리안들을 마음속으로 눌러 왔던 나였기에 이번 사태의 충격은 매우 컸다.

그리고 이 같은 극명한 엇갈림이 생겨난 근본적 이유에 대해 생각해 봤다. 그렇다. 한국은 운이 나빴고, 영국에서 브렉시트(Brexit)가 채택되고, 미국에서 트럼프가 당선됐듯이, 무지한(죄송하지만 당신들의 선택은 무지했다) 다수 시민들의 손에 쥐어진 민주주의란 칼자루에서 역선택(박근혜 당선)에 의한 비극적 칼부림이 탄생했으리라.

하지만 싱가포르에 살며 느낀 건 비록 그들이 아직 제대로 된 민주화를 이루지 못하고 독재자 2세의 세습 통치와 사실상 일당 독재나 다름없는 정치 시스템에 의해 굴러가는 나라일 지라도, 전근대적인 태형과 껌조차 못 먹게 하는 신민적 통치 논리가 통하는 나라일 지라도. 싱가포르의 지도자들은 적어도 "문제는 경제야, 바보야(It's the economy, stupid)"라는 만국 공통의 화두와 부패 없는 깨끗한 정치를 실천해 왔다는 점이다. 한국의 현실과 분명히 다른 지점이 바로 여기에 있다.

나는 아직도 싱가포르 도착 직후인 2011년 12월 말. 집을 구하느라 만났던 부동산 에이전트 아주머니가 운전을 해주며 무심코 던진 말 한마디를 잊지 못한다.

"We would have remained just as a dot in the map, if we had not have Lee Kuan Yu. (우리에게 리콴유가 없었다면 우리는 여

전히 지도상의 작은 점으로 남아있었을 거야.)"

자발적 찬양을 아끼지 않는 또 한 명의 싱가포리안을 만나는 순간이었다.

제**15**화 코로나19, 서킷브레이커라 쓰고

락다운이라 읽는다

써킷 브레이커 (Circuit Breaker).

사전적 정의로는

영어의 첫 글자를 따서 'CB'라고도 한다. 전기 회로에서 서킷 브레이커가 과열된 회로를 차단하는 장치를 말하듯, 주식 시장에서 주가가 갑자기 급락하는 경우 시장에 미치는 충격을 완화하기 위하여 주식매매를 일시 정지하는 제도로 '주식거래 중단제도'라고도 한다. [1]

싱가포르는 지난 4월 초부터 코로나19 확산을 막기 위한 외출 제한령인 써킷 브레이커를 발동했다. 어감 상으로는 봉쇄 조치인 락다운 (lockdown) 내지 셧다운 (shutdown) 보다 **훨씬** 완화된 조치로 들린다.

실제로, 영국에 있는 내 동료들은 "싱가포르는 락다운도 아니고 써킷 브레이커인데 자유롭지 않아?" 이러면서 싱가포르 지사에서 근무하는 나를 비롯, 모든 동료들을 그다지 걱정하지 않는 듯 보였다.

하지만 뚜껑을 열어 보면, 써킷 브레이커란 게 얼마나 어마무시한 정책인지를 알 수 있다.

최근 싱가포르 한국 교민 커뮤니티 사이에선 이상한 뉴스가 나돌았다.

현지 온라인 쇼핑몰에서 생필품을 공동 주문한 한국인 주부들 10명이 한 집에 모여 배달 온 나물 등 식재료를 나누고 있었는데, 갑자기 싱가포르 사복 경찰이 콘도를 급습해 이들을 써킷 브레이커 위반으로 체포하고 각각 10000 싱가포르 달러에 달하는 거액의 벌금을 부과했다는 무시무시한 내용이었다. 우리 돈으로 따지면 인당 8600여 만원에 달하는 거액의 벌금이다.

심지어 이 가운데 한 주부는 싱가포르 당국에 항의를 했다가 괘씸죄로 과중처벌 돼 남편은 취업비자인 EP(Employment Pass)를 박탈 당하며 실업자가 됐고, 학생인 아이들을 포함, 온 가족에게 48시간 이내에 싱가포르를 뜨라는 추방 명령까지 받았단 것이다.

하지만 뒤에 이 쇼킹뉴스는 가짜임이 드러났다.
믿거나 말거나.

아무리 써킷 브레이커 발동 하의 외출 제한령이기로 서니, 이렇게 강력하게 까지 할 일인가 싶지만, 실제로 이와 비슷한 일들이 현지 뉴스에 보도된 건 사실이다.

예컨대, 어느 여자 대학생이 남자친구를 몰래 만났다가 10000불의 벌금을 부과 받고 법정에 섰다거나, 어느 중국인 유학생이 친구를 만났다가 학생비자 취소로 본국으로 돌아갔다거나, 어느 싱가포리안 가족이 노모를 만나려다가 벌금을 맞았다거나....하는 등등.

이건 진짜 뉴스다.

한 마디로 말이 써킷 브레이커지, 실제론 락다운을 한 다른 국가들보다 훨씬 더 강력하게 이동과 만남의 자유를 옭아 매고 있단 얘기다.

싱가포르 시내에 등장한 마스크 자판기. 일회용 1장에 무려 8불.

친구 만나면 벌금 860만원, 히키코모리 3개월차

요약해 보면, 써킷 브레이커 발동으로 싱가폴에 있는 모든 사람들은 동일 가구원 내지, 배달원, 경비원 등 필수 서비스업 종사자들 이외의 사람을 만났다간 최소 300불에서 최대 10000불에 달하는 거액의 벌금을 부과 받는다.

꼭 이렇게 까지 할 일인가 싶지만 이미 그러고 있다는 게 더욱 믿기지 않는다.

나는 지난 2월 중순부터 회사의 지침에 따라 계속 재택근무를 해 왔다. 처음엔 좋았다. 평소에도 종종 재택근무가 허용되긴 했지만 1달에 1번 있을까 말까에다 구구절절 사연을 늘어놔야 하는데, 이건 묻지도 따지지도 않는 합법적 재택이니, 얼마나 자유로운가.

하지만 써킷 브레이커 발동 후엔 재택근무의 장점이 모조리 사라졌다. 싱가포르의 몇 안되는 놀거리인 쇼핑몰이 문을 닫아 갈 곳이 없는 데다, 친구조차 볼 수 없기 때문이다.

락다운 만큼, 혹은 그보다 독한 봉쇄 조치에 따라, 나는 지난 4월 초부터 철저히 '히키코모리'[2]로 살아왔다. 가구 구성원이 나 혼자이므로, 배달원, 경비 아저씨, 딜리버리 식당 종업원 이외의 사람을 단 한번도 만나본 적이 없다. 이러다가 완벽히 반사회적 은둔형 외톨이가 될 것 같은 불안감에, 매일 한국에 있는 가족들과 화상 통화를 하고는 있지만, 가상현실도 아니고 꼭 이렇게 까지 해야하나 싶다.

게다가 지난 2달의 써킷 브레이커 기간 동안 문을 연 가게는 오로지 밥과 음료를 파는 일부 식당이 전부였다. 그마저도 음료만 파는 커피숍 등은 모조리 문을 닫아야 했다. 배달, 이사, 전기, 통신 등 일부 필수 산업을 제외한 모든 비즈니스가 '올 스톱' 했다. 싱가포르는 그야말로 영화 배트맨에 나오는 '고담시티 (Gotham City)'[3]나 다름없었다.

며칠전 마리나베이 공원에서 조깅을 하다가 난데없이 벌금을 맞을 뻔 한 적이 있다. 1km 정도를 뛰니, 가뜩이나 더운 나라에서 땀도 나고 숨도 차서 잠시 강가에 앉아 휴대폰을 만지작 거리고 있었다. 그런데 갑자기, 단속 요원 (?)으로 보이는 남자 셋이 다가오더니, 말을 건넸다.

단속요원: "조깅하냐?"

나: "응. 그런데?"

단속요원: "일어나라."

나: "엥? 뭐라고? 난 마스크도 썼는데?"

단속요원: "조깅할거면 앉지 말고 뛰라고."

나:"(속으로.) WTH..."

이건 무슨 북한도 아니고, CB 기간 중엔 조깅하다가 숨 고르며 쉴 자유조차 없나? 조깅할때는 뭐 로봇처럼 처음부터 끝까지 서 있어야 하나? 공권력 남용 아냐이거. 화가 났다.

코로나바이러스 잡는 것도 좋지만, 거참 뭐 이렇게까지 할 일인가.

이 대목에서 우리는 뭔가 쎄한 느낌이 온다.

왠지 모르게 우리 모두가 싱가포르 정부의 교묘한 꼼수, 여우같은 '잔머리'에 속았다는 느낌.

써킷브레이커는 대외적으로는 엄청나게 완화된 조치 처럼 보인다.

락다운 한 다른 국가들보다 훨씬 덜 심각해 보인다.

경제, 정치, 사회, 문화적 충격이 락다운 보단 훨씬 덜 하다는 느낌을 준다. 하루 1000명 이상의 확진자가 쏟아져 나와도, 싱가포르 주가가 폭락하지도, 싱달러 가치가 폭락하지도 않았다.

하지만, 뚜껑을 열어 보면 위의 내용들처럼, 통제가 락다운보다 더 하면 더 했지, 덜 하진 않다.

실제로 락다운을 한 인접 말레이시아 등 에서는 최소한 친구와 부모를 만날 자유는 주어지므로...

게다가 여기선 조깅 하다가 앉아서 쉴 자유 조차 없으니 말 다했다.

꼼수와 전략 사이

싱가포르가 이렇게 잔머리를 굴려 사태를 포장하게 된 데에는 이유가 있었다.

이 나라는 항상 인력 가뭄에 시달리는 지역이다. 외국인 노동자가 없으면 경제가 굴러가지 않는다.

근데, 이 나라는 인종별로 계층이 확연히 구분되어 있는 사회다.

소위 3D섹터라 불리는 건설, 청소, 각종 잡일 등을 책임지는 인종은 파키스탄, 방글라데시, 미얀마, 스리랑카 등지에서 온 이주 노동자 들인데, 이들의 인구가 무려 100만여명에 달한다.

싱가포르 전 인구의 1/3내지 1/4 가량에 달하는 어마어마한 규모다.

반면 싱가포르의 선진국 이미지를 대변하는 화이트칼라 직종은 백인, 동북아시안 혹은 소수의 교육받은 금수저 동남아시안들로 점령돼 있다.

3월 까지만 해도, 코로나바이러스 발생 초기의 대량 감염자 속출 사태를 성공적으로 진화하고 코로나바이러스 방역 선진국으로 손꼽히던 싱가포르였다. 하지만, 졸지에 뒤통수를 맞아버렸다. 그동안 간과했던 이주 노동자들의 공동 기숙사에서 하루 1000명에 달하는 집단 감염이 속출하면서 멘붕에 빠졌기 때문이었다.

여기에, 이들 이주 노동자들과 연애, 친구 등으로 얽혀 있는 필리핀, 인도네시아, 베트남, 미얀마 등 출신 헬퍼 (Helper, 가사도우미)들의 인구 또한 무시할 수 없다.

게다가, 대량 감염 사태로 인해 이들의 낙후된 기숙사 시설 및 처우 등이 인권 문제로 도마 위에 오르게 되면서 글로벌 '

개망신'을 당하는 사태까지 이르렀다.

safe distancing의 일환으로 싱가포르에서 등장한 이주 노동자들을 위한 칸막이 트럭. "이게 사람 트럭이냐 소, 돼지 트럭이냐?"며 전세계 네티즌들의 집중포화를 받았다.

결국, 갑작스러운 대량 감염 사태와 인권 문제까지 이중고에 봉착한 싱가포르 정부는 대외적인 이미지 실추를 최소화 하면서도, 락다운과 진배없는 강력 조치를 시전할 수 있는 '써킷 브레이커'란 신조어를 만들어 내는 데 이른다. 항간에는 싱가포르 보건 당국 수장이 전기공학도였기 때문이라는 설도 있지만, 내 분석에 의하면 써킷 브레이커의 탄생은 톤다운을 통한 국가 이미지 사수 목적이 커 보인다.

정말, 이럴때 보면, 이들의 '잔머리'와 '잔꾀'는 혀를 내두를 정도다.

결과적으로, 대외적으론 락다운 처럼 이미지가 안 나빠 보이면서도, 대내적으론 락다운과 다름 없거나, 되려 강력한 봉쇄 효과를 거둘 수 있게 되어, 두 마리 토끼를 한 방에 생포한 셈이다.

어느덧, 문제의 써킷 브레이커 종료일이 사흘 남짓 남았다.

이제 드디어 우리는 자유를 누릴 해방의 그날을 맞이할 것만 같아 보인다.

하지만, 과연 그럴까?

싱가포르의 써킷 브레이커는 사실상 초강력 락다운이었다.

6월2일 부로 싱가포르의 외출 제한 조치인 써킷 브레이커는 종료된다.
대신 'Extended CB'가 시작된다. 연장된 써킷 브레이커다.

달라지는 건....
딱히 없다.

다이소나 이케아 등 좀더 많은 상점들이 문을 연다는 것을 제외하고는, 우린 여전히 친구를 만날 수 없고, 식당에 가서 밥을 먹을 수 없다. 다만 노부모를 만나는 건 1일 1회 허용된다. 그게 전부다.

하지만, 외신들의 보도는 마치 싱가포르의 코로나 감염자 급증 사태가 성공적으로 진화되고 나라가 재개장을 하는 것 처럼 장밋빛이다. 현재 이주 노동자 기숙사발 감염자 숫자도 하루 500명 이하로 줄었으니 틀린 말은 아니지만.

써킷 브레이커라 쓰고 락다운이라 읽는다

이 대목에서 싱가포르와 한국, 두 나라의 차이가 두드러져 보이는 건 왜일까.

난 개인적으로 때로 한국에 주어진 언론의 자유가 마치 확성기가 되어 한국의 치부를 전세계 방방곡곡에 전달하는 역효과를 내는 것 같다는 생각을 할 때가 있다.

한국 내부적으론 언론 자유도가 낮은 수준이라며 자성을 촉구하지만, 과거 언론계에 몸 담았던 사람으로서..그리고 해외에서 10여년을 살아온 제3자의 시선에서 봤을 때, 한국은 비교적 언론 및 집회의 자유가 잘 보장되어 있는 나라다.

근데 문제는, 더러는 이런 언론의 자유가 한국의 치부를 적나라하게 드러내는 '나쁜 확성기' 역할만을 하는 건 아닌가 하는 우려가 나온다는 거다.

게다가 자극적인 인터넷 언론과 옐로 저널리즘의 난립에 힘입어, 좋은 뉴스 보다는 독자들의 구미에 더 당기는 나쁜 뉴스 들이 확대 재생산, 순식간에 전세계로 퍼져 나가게 마련이다. 그래서 개인적으로 한국은 국가 브랜드 홍보와 관련, 적정

선에서 미디어를 관리해야 할 필요성이 있지 않을까 싶은 생각이 든다.

싱가포르는 절대 자신들의 치부를 확성기에 대고 퍼트리지 않는다. 언론과 집회의 자유가 완벽히 보장된 나라도 물론 아니다. 확성기 자체도 없어 보인다. 종종, 한국인들 사이에선 '잘 사는 북한'이라는 비아냥 섞인 혹평도 오간다. 어찌보면 그저 잘 '디자인 된 선진국'에 가깝다.

'Extreme Lockdown' 상황을 신조어까지 만들어 가며, 'Circuit Breaker'로 톤다운 시키는 능력만 봐도, 이들의 전략 내지는 꼼수가 어느 정돈지 대충 짐작이 간다.

치사하게 포장하는 것과 무식하게 솔직한 것 사이에, 어떤 전략이 맞는 지, 나는 잘 모르겠다.
내 전문 분야도 아니고, 각국의 정책 입안자들이 어떤 생각을 하고 있는 지도 잘 모르는 일개 시민에 불과한 나로선 알 길이 없다.

하지만, 때론 '잔꾀, 잔머리, 꼼수' 같아 보이는 전략마저도 국가 브랜드 실추라는 최악을 피해 가는 데 방패 역할을 한다는 것만은 분명해 보인다. 덕분에 싱가포르는 국가 이미지와 브랜드 가치를 굳건히 지키며 이번 코로나 바이러스 위기를 비교적 조용히 넘겼다.

'국가의 이익은 모든 것에 우선한다?' 작은 점과 같은 무일푼의 도시 국가에서 소득 6만불의 선진국의 이미지를 갖게 된 싱가포르의 사례를 조금은 참고해 보는 것도 나쁘진 않지 않을까.

끝으로, 싱가포르 현지 SNS에서 나돌아 다니는 유머와 고국에 가고픈 절절한 마음을 전하며 이 글을 마친다.

제**16**화 난생 처음 청약이란 걸 해봤다

난생 처음 청약이란 걸 해 봤다. 청약 통장을 만든 지 십이 년 만의 도전이다.

한국감정원 어플을 설치하고 은행에서 받은 공인인증서로 본인 인증을 한뒤 클릭 한번에 청약이 끝났다.

이렇게 간편한 줄 알았더라면 진작에 하는 건데...후회가 밀려온다.

지난 2016년 나는 서울에 집을 사려고 했었다. 하지만, 당시 나는 언제까지 외국에서 일을 할 수 있을 지 불투명한 상태였다. 불면증과 향수병에 시달리며 회사를 관두고 귀국을 할까 말까 치열하게 고민하던 시기였기 때문이다. 그래서 몇억 씩 대출을 받기가 부담스러웠다. 그 집은 내가 당시 가진 돈 보다 2억 5천만원이나 비쌌다. 하지만, 불과 4년여가 지난 지금, 그때 알아본 그 집은 현재 내가 가진 돈 보다 4억이나 비싸졌다. 내가 지난 4년여간 모은 돈 보다 그 아파트의 집값이 더 크게 뛰어서다. 허탈한 순간이다. 빚을 지고라도 아파트를 사지 않은 것이 두고두고 후회스럽다.

사실, 내 또래 친구들에 비해 내 연봉이 적지는 않은 편이다. 그리고 예전부터 내 이름의 집 한채 갖는 것이 꿈이었던 나는 나름 알뜰하게 살았다. 친구들 사이에서 '짠돌이' 소리를 들을 정도로 악착같이 돈을 모았던 적도 있다. 하지만, 불혹을 갓 넘긴 지금 나이에도 내가 모은 돈으로 서울에 아파트 한채 사기란 여전히 '로또당첨' 내지는 '희망사항'처럼 어려운 일이란 게 참 씁쓸하다. 참고로 내가 눈독들이고 있는 아파트는 그 비싸다는 강남쪽도 아닌데도 말이다.

나는 어릴 때부터 집에 대한 집착이 강했다. 어린 시절, 월셋방을 전전할 만큼 가난하지도 않았고, 부모님은 내가 4살이던 1980년대 중반에 이미 서울에 방 4개짜리 단독주택을 보유하셨다. 하지만, 천성적으로 경쟁심이 강했던 나는 당시 부의 상징과도 같았던 아파트에 대한 동경이 무척이나 강했다. 새로 지은 넓은 아파트에 살아보는 것이 유년기 내내 나의 꿈이었다.(2화. 개천의 용이 멸종된 한국, 코리아노마드가 꿈틀댄

다 참고)

우리 집은 내가 고등학교 시절이던 1990년대 후반 드디어 서울 변두리의 서남부 지역에 있는 아파트란 곳에 살게 되었다. 하지만, 2000년대 초반에 당시 인기였던 1기 신도시로 이사를 간 것이 화근이었다. 서울의 노후한 아파트에 비해 새로 지어 깔끔하면서도 가격도 몇 천만원 저렴한 곳이기에 처음에는 가족 모두 '이사하길 참 잘했다'는 만족감이 더 컸다.

하지만 2000년대 중반부터 갑자기, 우리가 팔고 온 서울의 그 아파트 가격이 3배로 뛰기 시작했다. 반면, 이사온 경기도의 아파트는 제자리 걸음을 하고 있었다. 그리고 2020년 현재. 우리가 살았던 서울의 낡은 아파트와 현재 우리가 살고 있는 경기도 아파트의 가격 차이는 무려 4배에 달한다. 순간의 판단 착오로 우리집은 졸지에 서울의 중산층에서 서민으로 추락했다. 이제 다시는 서울에 돌아가고 싶어도 돈이 없어 갈 수 없어졌기 때문이다. '경제적 실향민'이 된 셈이다.

이렇게 우리집은 부동산 재테크에 처참히 실패했다. 부모님은 종종 이런 말씀을 하신다. "그때 [1980년대 초반] 우리가 단독주택을 사지 말고 강남이나 잠실 쪽에 아파트를 분양받았어야 했는데..." "그때[2000년대 초반] 우리가 경기도로 이사오지 말았어야 했는데..."

물론, 어느 나라나 어느 사회나...어느 시대에나 인기있는 부동산과 인기 없는 부동산은 나뉘었다. 내가 지금 살고 있는 싱가포르만 해도 부촌과 슬럼, 집값이 비싼 곳과 싼 곳은 나뉜다. 아시아에서 가장 집값이 비싼 곳 중 홍콩과 1,2위를 다투는 곳이 바로 싱가포르이기도 하다.

내가 현재 월세로 한화 기준 150여만원을 내고 살고 있는 콘도는 크기가 거의 '쪽방' 수준이다. 한국으로 치면 약 8평형 밖에 안된다. 하지만, 싱가포르의 금융가인 래플스 플레이스 (Raffle's Place)가 지척이고, 걸어서 마리나베이를 산책할 수 있는 요지에 있어 매매 가격은 거의 8-9억여 원에 달할 정도다. 확실히 한국 보단 싱가포르의 부동산 가격이 비싼 게 맞다.

하지만, 정작 전세계에서 집값이 둘째 가라면 서러울 싱가포르에 사는 사람들은 집 걱정이 없다. 거의 대부분의 국민들이 자기 집을 가지고 있기 때문이다.

싱가포르의 부동산 정책은 철저히 '거주'와 '투자'가 분리 돼 있다. 소위 HDB (Housing & Development Board) 라고 불리는 정부 아파트는 싱가포르 국민이라면 누구나 살 수 있다. 가격은 정부가 관리하고 있어, 보통 시내 중심부를 제외하면 2-3억원 이면 20평형대 방 2개 짜리 아파트를 구입할 수 있다.

대신, 싱가포르 국민이거나, 가구원 두명 이상이 영주권을 갖고 있어야 구입 가능하다.

그래서, 대부분의 싱가포르 국민들은 결혼을 하기 전, 혼인신고를 먼저 하고 이 정부 아파트에 청약을 한다. 싱글인 경우에는 30대 중반 이후부터 새로 지은 정부아파트를 제외한 곳을 구입할 수 있다.

결국, 싱가포르 국민이거나, 영주권을 가진 커플의 경우에는 크게 집 걱정을 하지 않아도 되는 구조다.

그렇다면, 싱가포르의 그 비싸다는 부동산은 대체 어디에 있는 걸까. 싱가포르 사람들은 주로 투자를 위해 정부아파트의 반대 개념인 '콘도'를 구입한다. 콘도에는 수영장, 짐을 비롯 야외 바베큐장, 친목 도모 시설, 도서실, 간이 영화관 등 다양한 편의시설이 갖추어져 있다. 가격은 최소 몇 억원에서 최대 수백~수천억 까지 다양하다.

보통의 싱가포르 사람들은 일단 싱가포르 국민들의 특권이나 다름없는 '정부아파트'를 먼저 구입하고, 그곳에 거주하면서 돈을 모아 투자용으로 '콘도'를 산다. 그리고 25-30년 장기 모기지를 2-5%의 저렴한 이자로 받아 매달 원금과 이자를 갚는다. 그리고 그 돈은 대부분 외국인 세입자들이 '갚아' 준다.

외국인들이 많이 들어와 있는 나라다 보니, 대게의 경우 콘도 세입자가 낸 월세로 콘도 구매 잔금을 갚아 나가게 하는 구조로 부동산 재테크가 이뤄지기 때문이다. 아마 내 집 주인도 내가 매달 내는 150여만원으로 이 집 모기지를 갚아 나가고 있을 게다. 평범한 싱가포리안들은 대게 그렇게 부자가 된다.

어찌보면, 이렇게 양분화 되어 있는 부동산 정책은 마치 자본주의와 계획경제의 융합형 같기도 하다.

가격을 통제하는 정부부동산을 통해 거주를 위한 집을 보장함과 동시에, 콘도나 단독주택을 통해 투자 내지 투기의 자유를 주는 제도. 매년 정권이 바뀔 때마다 "집값을 잡겠다"는 공약이 가장 먼저 나오고, 집값이 전 국민의 가장 큰 스트레스인 한국이 벤치마킹 해봄직 한 제도가 아닐까 싶다.

요즘들어 꽤 자주 여러 부동산 관련 유튜브를 보는데, 한결같이 나오는 얘기가 있다. "집은 내가 살고 싶은 곳이 아니라, 남들이 사려고 하는 집을 사야 한다." "순간의 선택이 부자와 가난뱅이를 나눈다." 등등이 바로 그것이다.

결국, 내가 살고 싶은 집을 고르는 기준은 나의 취향이 아니라, 불특정 다수의 취향이 되어야 하는 시대가 왔단 얘기다. 씁쓸하다. 적어도 한국에서 집을 고르는 기준은 나한텐 없다.

우린 자리를 어느 곳에 펴냐에 따라 빈부의 격차, 재운의 희비가 극명하게 엇갈리는 '부동산 도박의 시대'를 살고 있다. 집은 더이상 나와 내 가족이 편히 한 몸 뉘이는 따뜻한 공간이 아니다. 우리 집안 재물의 흥망성쇠를 가르는 일체 절명의 '주사위'가 되어 버린 것이다.

3일 후에 아파트 청약 결과가 나온다고 한다. 난 숲이 바로 옆에 있고, 큰 공원이 보이는 이 곳에 꼭 살고 싶다. 더 시간이 가기 전에 부모님을 이 곳에 모시고, 가뜩이나 외국에 살아 자주 보지 못하는 딸내미와 가끔이라도 행복한 시간 보내드리게 하고 싶어서다.

하지만, 사람들은 이번에 당첨되면 2-3억 짜리 로또에 당첨되는 것이나 마찬가지라고 떠들썩하다. 서울에 바로 붙어 있고, 주변 시세는 이미 2-3억이 더 비싸기 때문에, 당첨 되기만 하면 큰 시세차익을 거둘 수 있기 때문이다.

물론, 나도 큰 돈을 번다는 데, 기분 좋은 게 당연하다. 나도 꼭 분양 받아서 깨끗하고 좋은 집에서 삶과 동시에, 목돈도 벌고 싶다.

하지만, 한편으론 겁이 난다. 만약, 내가 한 지금 선택이 과거 우리집이 했던 선택처럼 '역선택'이 되진 않을까. 그래서 나는 내 재산의 상당수를 저당 잡히고 계속해서 추풍낙엽처럼 감가상각되지 않을까 하는 노파심 때문에서다.

한국의 집은 더이상 내 몸 편히 오래오래 뉘이는 휴식의 공간이 아니다. 주식 처럼 시세의 오름과 내림을 예의주시 해야 하며, 선견지명 있는 성공 전략을 통해 잃지 않는 투자를 해야 하는 '종목'이 되어 버렸기 때문이다.

나는 과연 제대로 된 종목에 베팅을 한 것일까?

예전부터 돈이 생기면 꼭 사고 싶은 집이 있었다. 오스트리아 할슈타트의 탄광마을에 있는 시골 집이 바로 그것이다. 알프스 산자락과 영롱한 호수가 보이고, 평화로운 백조와 예쁜 꽃들을 감상할 수 있는 곳. 그런 곳에 있는 집에서 살아 보는 게 나의 소원이었다.

집이란 바로 그런 게 아닐까...집이란 무엇일까...

나의 집은 과연 어디에 있을까. 그리고 과연 어디에 '있어야' 할까.

그런데 과연 '있기는' 한걸까.

생각이 많아지는 밤이다.

제**17**화 레즈비언 보스 밑에서 일해 보셨나요?

지난해 3월. 내가 지금 회사에 처음 들어왔을 때, 런던에 있는 우리 팀 글로벌 헤드는 출산 휴가 중이었다. 그런데 불과 3개월 전 그녀는 글쎄 육아휴직 중이었다고 한다. 그녀의 파트너가 아들을 낳았기 때문이라고 들었다. 결국 3개월은 아빠로, 3개월은 엄마로 육아 휴직을 한 셈이었다.

난 사실 이런 얘길 듣고도 그다지 놀랍지가 않았다. 왜냐하면 지난 8년여간의 해외 직장 생활중에 만난 보스들 가운데 무려 10명 중 2명이 게이였고, 1명은 레즈비언이었기 때문이었다.

다만 나는 여자 레즈비언으로서의 출산과 남자 레즈비언으로

서의 육아. 두 번이나 육아 휴직을 허용하는 이 회사의 너그러운 방침에 적지 않아 놀란 것 사실이었다.

난 회사에서 단 한 번도 "그녀가 레즈비언이고, 레즈비언임에도 불구하고 아이를 낳았다"는 것에 대한 가십을 들어본 적이 없다. 다만, "어떻게 레즈비언임을 '악용'(?)해서 남자로 한번, 여자로 한번 얌체같이 두 번이나 연거푸 휴직을 하냐"는 험담은 무성했다.

사회학 전공이었던 나는 레즈비언이든 게이든 그들의 자유로운 성적 취향은 존중받아야 한다고 이미 대학 때부터 '계몽' 교육을 받은 사람이다. 대학 때 들었던 여성학 수업 중에 '게이와 레즈비언'에 관한 과목이 있었기 때문이었다.

나는 '성 정체성과 젠더 정체성의 차이는 무엇인가?'란 주제의 조별 과제에서 '성과 젠더에 상관없이, 인간은 다양한 스펙트럼 가운데 어느 좌표에 속하는 존재이며, 그 자체로 존중받아야 한다'는 당시 2000년대 초반으로서는 꽤 획기적인 아이디어를 짜 내 A+를 받았디.

쿨한 척은 했지만, 실제로 내 삶의 바운더리에서 그들을 만나면 놀랍거나 신기할 줄 알았던 건 사실이었다. 하지만, 막상 내가 생전 처음 만난 레즈비언인 우리 보스는 그저 너무나도 평범하고 너무나도 자연스러운 '여자 사람 인간'에 불과했다. 그래서 살짝 실망스러웠던 게 사실이었다.

꼬불거리는 곱슬머리에 항상 젤인지, 폼인지를 촉촉하게 바르고 나타나는 그녀는 냉철하고도 샤프하면서도 카리스마 넘치는 매력이 있었다. 레즈비언 가운데서도 젠더적으로 남자 역할을 하는 '부치'라고 들었는데, 딱히 남성적이라거나 마초적인 모습이 보이진 않았다.

미국계 회사지만 글로벌 헤드쿼터가 영국인 관계로 런던에 주로 힘깨나 쓴다는 글로벌 보스들이 몰려 있는데, 그 몇 안 되는 권력자 중 하나인 그녀에게 레즈비언이라는 성 정체성은 그 어떠한 걸림돌이나 역경도 되는 것 같지 않았다.

#2. 이 회사에 들어오기 전에 다녔던 또 다른 미국계 회사에서는 남자 역할을 하는 중국계 말레이시안이 나의 직속 상사였는데, 그는 남자 역할을 하는 게이라고 했다. 늘 '박태환 헤드폰' 같은 걸 끼고 음악을 들으며 오피스를 활보하던 그는 항상 자신감이 넘치고 긍정적인 에너지를 발산했다.

마찬가지로, 나는 그 회사를 다니는 내내, 아무도 그가 '게이'란 이유 만으로 가십을 하거나 색안경을 끼고 보는 것을 본 적도 들은 적도 없었다. 오히려 그는 아예 "내 파트너는.... 내

파트너는..."을 입에 달고 살며, 그의 시시콜콜한 애정전선을 자랑질하느라 아랫사람들을 괴롭게 했다.

그와 그의 파트너가 주말에 어느 레스토랑에 갔고, 휴가 때 어느 나라에 갔으며, 그의 파트너가 무엇을 좋아하는지 등등... 회식 때마다 그의 파트너 자랑을 듣는 것은 마치 우리의 일상이 되어 있었다.

#3. 일본 도쿄에서 일하는 나의 전 매니저는 여자 역할을 하는 게이라고 들었다. 네덜란드 출신의 일본말을 유창하게 하는 그는 도쿄 인근, 요코하마에서 그의 파트너, 반려견과 무려 20여 년을 함께 살았다고 한다. 190cm에 달하는 키에 기골이 장대한 그는 마치 프로 레슬링 선수를 연상시키는 듯한 외모였지만, 부드러운 말투와 섬세한 센스로 팀원들의 사랑을 받았었다.

내가 난생처음 만난 3명의 성 소수자들은 이렇게 모두 나의 보스들이었다. 그렇다고 내가 일하는 업종이 흔히 말하는 성 소수자들과 어울릴 법한 패션, 음악, 예술 이런 쪽도 아니다. 내가 밥벌이를 하고 있는 업계는 전통적 굴뚝 산업인 에너지 섹터를 분석하는 분야다.

이렇게 나도 모르는 사이에 보스로 만났던 3명의 성 소수자들.

아니 생물학적으로 여자이나 젠더적으로 남자이고 여자를 좋아하는 사람 1명과 생물학적으로 남자이나 젠더적으로 남자이고 남자를 좋아하는 사람 1명과 생물학적으로 남자이나 젠더적으로 여자이고 남자를 좋아하는 사람 1명과의 만남은 너무도 허무하게도 성 소수자들에 대해 가졌던 '무지갯빛' 환상을 와장창 무너뜨렸다.

결국, 지난 8년여간 성 소수자, 아니 성 정체성을 가로축, 젠더 정체성을 세로축으로 하는 무지개 좌표의 어딘가에 위치하는 이 사람들과의 만남은 너무도 자연스럽고 당연스럽게 이들을 수용하는 경지로 나의 의식 수준을 격상시켰다. 사실, 너무 특별할 것이 없어서 '수용'이란 단어가 적합한지 조차 모르겠다.

사실, 내가 지금 살고 있는 싱가포르에는 게이와 레즈비언들이 꽤 많이 보인다. 특히, 레즈비언들이 꽤 자주 목격되는데, 흰색 와이셔츠를 입고 쇼트커트를 하고 항상 바지를 입는 여자 사람을 봤다면, 그는 남자 역할을 하는 레즈비언, '부치'일 확률이 높다. 그 옆에 여리여리한 사람이 손을 잡고 서 있다면 그는 여자 역할을 하는 레즈비언인 '팜므'일 가능성이 높다.

얼마 전, 미국 워싱턴 DC에 갔을 때는 근육질에 탄탄한 몸매를 한 두 명의 훈남이 나란히 웃통을 벗고 조깅을 하는 걸 '

침을 흘리며' 봤는데, 참 길거리에 게이들이 많구나 싶었다.

미국처럼 게이들의 커밍아웃이 보편화된 사회는 이미 흔해진 풍경이지만, 레즈비언들이 커밍아웃을 하고 버스나 지하철에서 나란히 손을 잡고 키스까지 하는 풍경은 지난 10여 년간 30여 개국의 나라를 다녀 본 나에게도 매우 이례적이었다.

그런 의미에서 싱가포르란 나라는 성 소수자들의 인권 까지는 아니더라도 그것을 수용하는 무지갯빛 스펙트럼의 종류와 크기만큼은 참으로 폭넓은 사회가 아닌가 싶었다.

최근, 한국은 또다시 코로나바이러스로 전 세계 뉴스에 오르락내리락하고 있다. 지난번에는 사이비 종교, 신천지로 인한 집단감염으로 시끄럽더니, 이번에는 이태원 게이 클럽 발 집단감염이 난리란다.

참 희한하게도 이놈의 코로나바이러스는 한국 사회의 구석진 단면 내지 아킬레스건들을 귀신같이 파헤치는 '재주'가 있는 것 같다. 사이비 종교뿐만 아니라 성 소수자에 대한 문제도 한국 사회의 공공연한 사회 문제 중 하나가 된 지 오래기 때문이다.

하나 우려가 되는 것은 이번 사태로 인해 소위 '찜방'이라 불리는 일부 성 소수자들의 은밀한 공간이 화두가 되면서 20년 전 탤런트 홍석천의 커밍아웃 이후 많이 개선된 것으로 보였던 이들에 대한 차별과 편견이 뒷걸음질을 치는 것은 아닌가 하는 점이다.

정부가 감염자 동선 추적이 제대로 안될 것을 우려해 코로나바이러스 검사를 익명으로 해 주겠다고 편의를 봐줬음에도 불구하고, 여전히 검사를 받지 않고 숨어 있는 이태원 클럽 방문자가 많다고 한다.

이들이 가장 두려워하는 것은 자가격리 14일을 통해 덩달아 받게 될 '시선의 공포'다. 이들은 코로나바이러스에 혹여라도 걸려 죽는 것보다는 자신들이 게이, 레즈비언이란 사실이 주변에 알려지는 '아웃팅'이 더욱 두렵다고 한다.

그래서 감염자 동선 추적은 소강상태에 빠지고, 이들에 대한 대중의 비난은 점점 더 노골적이고 거칠어졌다. 감염 경로를 알 수 없는 '깜깜이' 확진자 들의 숫자도 여전히 증가 일로다. 한국의 모든 성 소수자들은 덩달아 죄인이 되어 숨죽여야 하는 상황에 이르렀다.

홍석천이 모 방송국 인터뷰에 나와 했던 말이 유독 귓전을 때린다.

"(성 소수자 문제가) 어느 순간에는 가족 멤버 중의 한 사람, 내 아이의 문제가 될 수 있다는 사실을 잊어버리지 않았으면 좋겠어요."

나는 그의 말의 뜻을 누구보다 더 잘 알 것 같다. 나는 졸지에 레즈비언 한명과 게이 두명을 보스로 모셨기 때문이다.

성 소수자에 관련된 화두가 더 이상 '문제'라는 단어를 달지 않고, 뉴스에 다뤄지지도 않는 사회가 되었으면 좋겠다. 내가 몸 담고 있는 회사들처럼, 그리고 싱가포르처럼, 이 복잡한 '무지갯빛 좌표'로 인해 어느 누구라도 상처 받고 고민하지 않아도 되는 사회가 왔으면 좋겠다. 하나의 흔해빠진 개성과 취향, 공기처럼 평범하고 당연한 무지갯빛 스펙트럼의 작은 한 칸으로 이들이 알록달록 채워갈 한국을 기대해 본다.

"레즈비언 보스 밑에서 일해 보셨나요?"

제18화 인천공항에 도착하자마자 나는 화장부터 한다

코로나 바이러스 사태가 터지기 전에는 출장이나 휴가로 한국에 3-4개월에 한번씩 가곤 했는데, 나는 인천공항에 비행기가 착륙하는 순간부터 부리나케 '화장'부터 한다. 6시간이상의 장거리 비행에 헝클어진 머리를 쓸어 올리고, 푸석해진 얼굴에 비비쿠션을, 메마른 입술에는 촉촉한 분홍빛 립스틱을 전투적으로 찍어 바른다.

만약 그래도 '복구'가 안되는 날이면, 선글라스든, 뿔테안경이든, 모자든 가릴 것을 최대한 찾아 '위장술'에 나선다.

참 이상하다. 불과 몇 시간 전까지만 해도 옷에 커피 자국이

묻었든, 얼굴에 뾰루지가 났든, 머리가 한쪽으로 삐져 나왔든, 전혀 신경 안쓰던 나였다. 한국에만 오면 마치 쇼윈도에 진열된 예쁜 구두로라도 빙의된 양 노심초사 외모가꾸기에 혈안이다.

지난 2001년부터 코리아 노마드로 살아오며 휴가와 출장으로 대략 40여개국을 다녔다. 그때 한 가지 신기한 점을 발견했는데. 전세계 어딜 가봐도 한국처럼 여자들이 얼굴과 몸을 치장하고 가꾸는 데 목숨을 거는 나라를 본 적이 없다는 거다.

아주 지극히 주관적인 '아날로그 빅데이터' 분석 결과, 나는 한 가지 신기한 사실을 발견했다. 성 평등이 보장된 나라일수록 여자들은 꾸미지 않는다. 반대로 성 불평등이 심한 나라일 수록 여자들은 외모 가꾸기에 집착을 한다. 풀어 말하면, 남성 우월주의적, 마초적인 나라일 수록 여자들이 외모를 가꾸고, 양성 평등이 잘 되어 있는 나라일 수록 여자들이 '생긴 대로' 산다.

난 지난 2005년 인턴십으로 스위스란 나라에 처음 갔을 때 깜짝 놀랐다. 여자들이 죄다 방금 알프스 등산을 하고 내려온 듯 촌스러운 등산복에 운동화를 신고 아무렇게나 돌아다녔기 때문이다. 나는 이때 코트라 무역관에 매일 출근을 해야 했는데, 당시 언론고시 3수 취준생의 신분으로, 직딩이 선망의 대상이었던 나는 매일 마다 정장 치마에 뾰족 구두에 풀메이크 업을 하고 거리를 나섰다. 나는 당시 한국과 정반대의 시선의 공포를 그곳에서 느꼈다. 나처럼 '최선을 다해' 꾸미고 다니는 여자는 길거리에 보이는 열명 중 한명 나올까말까 였기 때문 이다.

더 시간을 거슬러 올라가서 2001년 내가 워킹홀리데이로 미국에 갔을 때, 나는 서부의 왠만한 도시들은 모조리 여행을 했었는데, 그 수 많은 도시들 가운데 유일하게 날씬하고 화장한 여자를 본 지역은 로스앤젤레스에 있는 유명한 부촌, 비벌리힐스가 전부였다. 당시 어린이들 사이에 꽤나 유명했던 텔레토비라는 티비 프로그램이 있었는데, 거기 등장하는 인형 캐릭터들을 정원에 꾸며 놓고 생일 파티를 하는 대저택 앞에서 친구들과 사진을 찍고 있던 찰나였다. 어디선가 미드에서 방금 튀어나온 것만 같은 마루인형을 닮은 이십대 여자들이 단체로 우리쪽으로 걸어 오는 것이었다. 이때를 제외하고는 미국에선 거의 대부분 '비만, 노메이크업, 후줄근한 목 늘어진 티셔츠에 청바지'. 이런 이미지의 여자들을 본 게 대부분이었다.

2010년. 내가 석사 유학을 갔었던 영국도 마찬가지다. 나는 솔직히 영국은 남녀 '역차별'이 있는 나라인 줄 알았다. 은행, 공공기관, 병원, 상점 등 왠만한 내근 직원들 중에 '아줌마'와 '

할머니'가 왜이렇게 많은걸까. 물론, 런던 같은 대도시의 은행가, 공공기관 이런 곳에는 양복을 쫙 빼 입은 남성들이 많이 보였다. 하지만, 내 평생 가 본 나라 가운데 이렇게 아줌마, 할머니들이 경제인구로 많이 보이는 나라는 영국이 단연 으뜸이었다. 우리나라 같았으면, 과연 이들이 남성과 동등하게, 아니 그 이상으로 경제활동을 할 수 있었을까 싶었다. 당연히 이들이 꾸미는 데 혈안이 되었을 리는 없.다.

그리고 지금 내가 살고 있는 싱가포르는 어떨까. 사실, 개인적으로 난 전 지구 상에서 싱가포르 여자들이 가장 기가 세고 드세다고 생각한다. 아주 지극히 개인적인 의견이다. 싱가포르 여자들은 거의 대부분 경제 활동을 한다. 결혼을 한 뒤에도 거의 대부분 직장을 그만 두지 않는다. 결혼한 커플의 대부분은 생활비를 반반씩 부담한다고 한다. 그래서인지, 싱가포르 여자들은 가정 내에서도, 회사 내에서도 당당하고, 절대 지지 않는 캐릭터들이 많다. 그래서인지는 모르겠지만, 이곳 여성들도 우리처럼 목숨 걸고 꾸며대지 않는다. 화장을 하는 여자들을 보려면 래플스 플레이스 (Raffle's Place) 정도 되는 금융, 비즈니스 중심가로 나와야 한다. 왠만한 여자들은 더운 날씨 탓인지, 선크림에 파우더 정도만 살짝 바르고 다닌다.

결과적으로 내가 가본 나라들 가운데 순서를 매겨 보자면, 여자들이 꾸미는 나라는 한국, 일본, 중국, 동유럽, 러시아, 호주 정도가 떠오른다. 반면, 여자들이 꾸미지 않는 나라들은 미국, 영국, 스위스, 독일 등 서유럽 국가들이 떠오른다. 물론 지극히 주관적이고 편향된 근거없는 결론임을 다시 한번 강조한다.

하지만, 그 나라의 성 평등 정도, 남성중심적인 문화 정도와 견주어 봤을 때 어느 정도 맥을 같이 하는 부분이 있다고 생각한다.

세계경제포럼(WEF)의 '2020년 세계 성 격차지수 보고서'(Global Gender Gap Report 2020)에 따르면 한국은 153개국 가운데 108위를 했다. 우리나라 보다 경제 수준이 낮은 르완다(9위), 나미비아(12위), 필리핀(16위), 라오스(43위), 방글라데시(50위)보다도 한참 낮은 순위다.

[출처: 중앙일보] "한국 성평등, 르완다보다 못한 108위"…다른 쪽선 10위 왜

나는 내가 왜 한국에만 가면 예뻐야 한다는 강박에 시달리는지를 곰곰이 생각해 봤다. 어릴 때부터 꾸준히 느꼈던 것은 한국만큼 여자가 예쁜 것이 권력이 되는 사회가 드물다는 것이다. 물론, 예쁘고 멋진 여성이나 남성을 좋아하는 건 인류의 한결같은 본성이라는 것을 차치하고서 라도 한국에서 예쁘다는 것은 그만큼의 프리미엄이 높다.

그래서일까. 한국에 가면 여성의 몸 구석구석, 하나하나 성형이 불가능 한 곳이 없다. 종아리 축소술, 팔뚝살 제거술, 심지어 웃을 때 잇몸이 흉하게 보이지 않게 한다는 잇몸수술까지... 별의 별 수술들이 끝도 없이 나온다.

나는 한국 여자들이 이렇게 예뻐지기 위한 몸부림을 치게 된 데에는 여성 스스로 여성을 '성적 대상화' 하는 왜곡된 자의식이 깔려있다고 생각한다. 이 말의 뜻은 남성 중심주의적인 사회 분위기 속에서 여성 스스로가 남성의 시선에서 자기 몸을 바라보게 된다는 말이다. 한 마디로, 여성의 눈으로 여성의 몸을 보는 것이 아니라, 남성의 입장에서 성적으로 매력적인 '상품화된' 자신의 모습을 추구한다는 얘기다.

그래서 그런걸까. 외국인 친구들한테 항상 듣는 얘기가 있다. "한국 여자들은 왜 다 똑같이 생겼어?" 나는 그 얘길 들을 때마다 "응, 아마 한국인은 DNA적으로 동질성이 강해서 그런걸꺼야."라며 얼버무리면서도 내심 참 씁쓸하다.

내가 외국에 나와 떠돌고 있는 이유 중 하나에는 아마 이런 부분도 포함돼 있지 않을까 싶다. 한국에 갈 때마다 나는 자동적으로 무어라 설명하기 힘든 그 어떤 '시선의 공포'와 '왜곡된 자의식'을 느낀다. 내가 심리학자가 아닌지라 이게 대체

뭔지 설명할 방법은 없지만. 한 마디로 내 얼굴이 어떻든, 내 몸매가 어떻든 외국에선 편하고 자유롭지만, 한국에선 내 얼굴과 내 몸이 내 것이 아니라 진열장의 상품이 된 것 같은 느낌이 든다.

최근 불거진 '박사방', 'n번방' 사태를 보면서 26만명이나 가입했다는 이 믿기 어려운 여성 혐오, 여성 성 착취물이란 '괴물'이 나오게 된 토양에는 과연 뭐가 있었을까 의구심이 들었다. 그 괴물의 기저에는 복합적인 문제들이 깔려 있었겠지만, 최소한 그 중 하나는 한국에 뿌리 깊이 박혀 있는 여성의 몸에 대한 '성적 대상화'가 아니었을까 싶다.

예뻐지기 위해 자신을 가꾸는 건 인간의 기본적 욕망이다. 하지만, 한국에 들어설 때마다 스스로 묻게 된다. 내 눈에 예쁜 나를 추구하는 지, 누군가에게 대상화된 상품성 있는 '예쁨'을 추구하고 있는지 말이다.

"누구를 위해 화장을 하는가."

제19화 다국적기업이란 정글의 포식자들

'2 F 1P이론'

지난 8년여 간 싱가포르의 미국계 다국적 기업에 다니면서 지어낸 지극히 주관적인 이론이다.

여기서 F는 '프리라이더 (Freerider)'와 '폴트 파인더 (Faultfinder)'를 뜻하고, P는 '폴리티션 (Politician)'이다.

이들은 모두 한국인들이 다국적 기업에 다니게 될 경우 가장 경계해야 할 조직 인간 유형이다. 내가 정했다. 하지만 대다수의 한국인들은 공감할 것이다.

지금까지, 외국에 있는 다국적 기업 하면 으레 '자유'와 '평등', '고액 연봉', '성공' '선진적'...이런 이미지만을 떠올렸을 것이다. 하지만 지구상 어디를 가도 밥벌이는 지겹고 처절한 싸움이다. 그곳에 다양한 인종과 문화, 정치적 성향, 국적을 가진 인간 군상들이 모인다면, 그곳은 이내 총성없는 전쟁터가 된다.

나는 오늘 화려한 이미지 뒤에 가려진 다국적 기업의 민낯에 대해 얘기하려고 한다.

FREERIDER
프리라이더. 한 마디로 '날로 먹는 인간들'이란 얘기다. 다국적 기업엔 이런 인간 유형이 참으로 자주 발견된다. 한국이었으면 실력이 들통나면 바로 아웃 감인데, 다국적 기업에선 이들이 살아남을 수 있는 구멍들이 꽤 많다.

프리라이더들은 특히 실무가 아닌 사람 관리만을 전담하는 일부 매니저 이상 급의 직원들에게서 자주 발견된다. 해외 글로벌 기업 가운데 상당수는 조직 구조가 두 개로 나뉘어져 있다. 일선에서 진짜 일을 하는 '필드워커 (Field Worker)'와 그 위에서 피플 매니지먼트 (People Management). 즉 사람 관리만을 담당하는 '매니저', '디렉터'가 바로 그들이다.

보통, 그 회사가 하는 '일'에 대해 아는 전문가는 필드워커들이고, 매니저급 이상은 필드 경험이 전무한 낙하산인 경우가 종종 있다. 이는 내가 경험한 2개의 글로벌 기업을 토대로 분석한 지극히 개인적인 가설이니 참고 바란다.

내가 지난 8년여 간 글로벌 기업을 다니면서 모신 10여명의 매니저와 디렉터 중에 필드워커 출신은 달랑 5명에 불과했다. 나머지 5명은 인접 분야, 혹은 아예 상관없는 일을 하다가 온 사람들이었다.

이들이 다국적 기업에서 생존할 수 있는 이유 중 하나는 조직 문화에 있다. 한국 같으면, 상사가 업무의 1도 모르는 '깜깜이'라면 매니저급 이상으로 승진하기도 쉽지 않거니와 조직을 통솔하기도 어렵다.밑에 직원들이 말을 듣지 않을거기 때문이다. 하지만 수평적인 조직 문화를 갖춘 다국적 기업의 경우, 이들이 빠져나갈 구멍은 많다.

예컨대, 이들은 중요한 의사결정이 필요한 과정에서 매니저, 디렉터의 직급이라 하더라도 절대 단독으로 결정을 내리지 않는다. 이들의 프리라이딩 전략 중에 가장 흔한 것은 '물귀신 작전'이다. 자기들의 수하에 있는 지식이 출중한 직원들을 비롯하여 조금이라도 업무가 연결되어 있는 인접 팀의 부서장들을 죄다 불러 모은다. 이도 모자라, 자신들 위에 있는 글로벌 헤드 두어명까지 포섭한다. 그렇게 다국적 컨퍼런스 콜을 진행한다.

그리고 이때 얘기를 가장 많이 하는 사람은 바로 지식을 갖고 있는 필드워커다. 바로 나같은 시니어 애널리스트들이 가장 손 쉬운 포획감이다. 그렇게 밑에 있는 시니어급 필드워커에게 구구절절 썰을 풀게 한 뒤, 은근슬쩍 인접 부서장 혹은 자기 위에 있는 글로벌 헤드로 하여금 '의사결정'을 하게 유도한다. 이들이 회의 중에 하는 업무는 '진행' 정도가 전부다.

결론적으로 아주 중요한 사안에 대한 결정이 필요할 때, 위험은 다수에게 분산된다. 일이 잘못 되더라도 책임은 깜깜이 매니저와 디렉터의 몫이 아니다. 모두의 책임이다. 이렇게 해서 지식이 1도 없는 '깜깜이' 매니저나 디렉터도 밥그릇을 지킬 수 있는 구조다.

혹자는 얘기할 것이다. 한국처럼 매니저가 업무를 잘 알면 아랫 사람의 의견을 듣지 않고 독단적으로 의사 결정을 해 버리고 찍어 누르는 경우가 다반사인데 오히려 수평적인 관계에서 다양한 아이디어들이 오가지 않느냐고.

맞다. 그런 긍정적 측면도 물론 있다. 그래서 나같은 '할 말은 하는' 캐릭터도 외국에선 눈총 안 받고 '사차원' 소리 안 듣고 소신껏 일 할 수 있다. 하지만 그것도 정도껏이다. 업무를 적당히 모르는 매니저와 디렉터라면 조곤조곤 설명해서 이해시킬만 하다. 근데 문제는 업무를 아예 모르는 '깜깜이' 매니저, 즉 프리라이딩을 하고 있는 상사들 때문에 종종 '빡침주의보'가 발동한다는 거다.

게다가 작은 사안 하나 결정하는 데에도 이해관계자들을 우후죽순으로 꿀어 들이는 바람에 업무 진척은 지지부진하고 이 사람, 저 사람 서로 다른 업무 지시를 내려 밑에서 일하는 사람을 멘붕에 빠지게 하는 경우도 비일비재하다는 거다. 이럴 때면, 난 항상 언제나 나보다 많이 알고, 점쟁이를 방불케하는 촌철살인의 사리판단 능력과 사골국물처럼 뼛속 깊이 우러나온 직업 정신을 시전했던 한국의 보스들을 떠올리게 된다. 그들 앞에선 내가 바로 '깜깜이' 였기 때문.

다국적 기업에서 목격되는 프리라이더들은 필드워커 중에도 많다. 이들은 대부분 지식이 일천함을 커버하기 위해 큰 소리로 전화를 돌려 대거나, 자기가 무슨 업무를 하고 있다는 것을 동료나 매니저에게 실시간으로 '중계'하는 데 혈안이다. 일을 열심히 하고 있노라는 '헐리웃 액션'인 셈이다.

나는 이런 거저 먹는 프리라이더, 무임승차자들을 여전히 못견뎌 한다. 하지만, 더 최악인 건 어처구니 없게도 이들이 승진을 했단 소식을 종종 접한다는 점이다.

FAULTFINDER

폴트 파인더(Faultfinder). 한 마디로 '남의 뒤를 캐는 인간들'이란 얘기다. 나는 한국에서 이런 류의 조직 인간을 아주 드물게 봤었다. 예컨대 200명이상의 조직에서 1-2명정도? 하지만 외국에서 직장 생활을 하면서, 특히 싱가포르라는 나라에서 일을 하면서 나는 '폴트 파인더'들이 매우 흔한 조직 인간 유형이란 점에 경악을 금치 못했다. 이는 어쩌면 싱가포르라는 나라 자체의 문화일 수도 있고, 어쩌면 다국적 기업이란 정글의 흔한 사냥법일 수도 있겠다.

각설하고. 남의 헛점을 승냥이처럼 파헤치는 이런 폴트 파인더들의 바탕에는 열등감이 자리잡고 있다. 이들은 업무 능력이 떨어진다. 그건 자신도 알고 조직도 안다. 하지만 대신 이들은 남의 헛점과 실수를 지렛대 삼아 자신들의 업무가 조직의 기강을 확립하고 회사의 퀄리티를 콘트롤하는 것인 양 보스처럼 행동한다. 사명감 내지 로열티로 포장된 '헐뜯기'를 통해 조직 내에서 뭔가 일을 하고 있는 듯한 이미지를 풍기는 전략이다.

이들은 동료들의 작은 실수나 헛점을 발견하면 그냥 지나치지 않는다. 예컨대 한번은 내가 데일리 리포트를 쓰고 편집 부서에 '보내기' 버튼을 깜빡하고 안 눌렀던 적이 있다. 이럴 경우,

한국 같았으면 편집 부서에서 나한테 개인적으로 '조용히' 연락이 오거나, 편집 부서에서 연락을 받은 동료가 다시 '조용히' 나에게 연락을 취하거나, 상사가 나를 '조용히' 깨면서 연락이 왔을 것이다.

하지만, 만약 이런 실수가 폴트 파인더들의 레이더망에 걸리면 이들은 먹잇감을 절대 놔주지 않는다. 이들은 곧장 팀원 전체가 들어가 있는 왓츠앱 (Whatsapp) 단톡방이나 팀원 전체가 첨부되어 있는 전체 이메일로 이런 사실을 알리며 작은 실수를 마치 대형 사고인 마냥 침소봉대와 부풀리기에 앞장선다.

이들이 염두에 둔 것은 두 마리 토끼를 사냥하는 거다. 하나는 일 잘하는 경쟁자인 나를 공개 망신 시킴으로써 흠집내기를 하는 것이고, 다른 하나는 본인들이 뭔가 대단한 일을 하고 있다는 이미지를 조직에 각인시키는 것이다.

한국인의 정서로는 도저히 이해 안가는 이런 치사스럽고 잔인한 흠집내기가 이곳 싱가포르의 다국적 기업에선 비일비재하게 벌어진다. 만약 해외 취업을 앞둔 한국인들이라면 다국적 기업의 업무 현장이 더러는 총성 없는 전쟁터, 칼만 안 들었지 강도들이 들끓는 중상모략의 소굴이라는 점을 명심하라고 충고하고 싶다.

물론, 어느 조직이 그렇듯 안 그런 곳도 있을 게다. 하지만, 이런 경험들은 나 혼자만의 개인적 에피소드가 아니라, 싱가포르에서 다국적 기업에서 근무하는 친구들에게서도 여러번 들어본 내용들이므로 참고해서 나쁠 것이 없다. 다국적 투자 은행에 다니는 한 친구는 심지어, 업무는 안하고 다른 동료들의 뒤를 캐는 '살생부'를 엑셀 파일로 정리하는 폴트 파인더를 본 적도 있다고 했다. 그만큼 피도 눈물도 없는 곳이 다국적 기업이다.

POLITICIAN

마지막으로 정치인이다. 막강한 정치력과 사람을 홀리는 기술을 가진 사람들이 조직에서 승자가 되고 우두머리가 되는 건 한국도 마찬가지다. 하지만 한국의 조직 내 '정치인'들은 적어도 필드워커에서 출발해 회사 일에 잔뼈가 굵었거나, 지휘 능력이 특출한 사람이 대부분이다. 물론 안 그런 사람도 있지만 지극히 개인적 관찰 결과를 공유하는 것이다.

하지만, 다국적 기업의 정치인들은 색깔이 좀 다르다. 이곳의 정치인들은 일단 회사 내 직원들 모두와 격의 없는 '친구'가 되려 혈안이 되어 있다. 'Friendship, 우정'이라는 가치는 다국적 기업, 특히 미국계 다국적 기업에서 가장 중시하는 조직 융화 기술 중 하나이기 때문이다.

그래서 다국적 기업에서 글로벌 헤드나 CEO로 출세하는 사람들 가운데선 '스몰토크'에 능한 철판 캐릭터들을 심심찮게 만나게 된다.스몰토크(Small Talk). 한 마디로 잡담. 가벼운 대화다. 네이버 영어사전에 따르면 '사교적인 자리에서 예의상 나누는 대화'이다. 한국 같으면 그렇게 비업무적인 실없는 대화와 잡담을 늘어놓는 사람에게 관운이 따를 리 만무하다. 한국의 우두머리는 오히려 과묵한 경우가 많기 때문이다.

다국적 기업에서 만난 대부분의 우두머리들은 일단 실없는 농담을 주로 한다. "Hi. Michelle. How are you doing?"이러면서 시작해서 각종 썰렁한 유머와 개그들을 속사포처럼 쏟아낸다. 그런 사람들이 조직의 대빵이 되는 경우가 비일비재하다.

난 사실 이렇게 격의 없는 농담을 말단 직원들에게까지 건네는 친근한 헤드나 CEO들을 싫어하진 않는다. 오히려 좋아한다. 다만, 조직의 수장에 되는 것에 눈이 멀어 일은 안하고 정치만을 염두에 둔 일부 야심에 찬 일부 동료들이 눈에 거슬린다는 거다.

이들은 업무 시간에도 오지랖을 부리면서 이 팀, 저 팀 온 사방을 돌아다니며 농담 따먹기와 잡담을 즐긴다. 스몰토크다. 일부 매니저나 디렉터 가운데서도 자신의 부족한 능력을 친구

맺기로 커버하려는 사람들을 많이 봐왔다.

나는 다국적 기업이든 한국 기업이든 간에 기업은 이윤을 추구하는 곳이고, 그 조직원들은 생산성 향상을 통해 이윤 추구에 기여해야 맞다고 생각한다. 그런 의미에서 이들 야심에 찬 정치꾼들을 내가 정의한 '다국적 기업'이

란 정글의 포식자들 명단에 추가할 수밖에 없을 것 같다.

해외 취업의 환상과 장밋빛 전망만으로 다국적 기업의 문을 두드린다면 엄청난 문화충격과 실망에 빠질 질도 모른다. 무작정 해외 취업이 정답이라는 착각에서 벗어나 이같은 조직 인간과 조직 문화가 본인의 성향과 잘 맞는 지를 먼저 따진 후에 문을 두드리는 게 어떨까 하는 조언을 남기고 싶다.

다국적 기업이란 정글의 포식자들은 우리가 생각하는 것만큼 호락호락 하지 않기 때문이다.

제**20**화 내가 국뽕이 되어가는 이유

이번 코로나바이러스 사태를 겪으면서 난 한국을 다시 보게 됐다. 지난 2월 사이비 종교단체, 신천지 발 집단 감염 사태로 전세계 언론에 오르 내릴 때까지만 해도 난 "그럼 그렇지..."라 며 2016년 '박근혜 사태' 이후로 또다시 한국인인 것이 부끄 러웠다.

하지만, 반전의 드라마는 오래 걸리지 않았다. 자체 개발한 진 단 키트로 하루 수만명 씩 대량 검사를 해대며 엄청난 확진자 수 증가에도 불구하고 투명성과 개방성을 추구했던 한국은 끝 내 코로나 바이러스를 잡고 방역 선진국으로 거듭났다.

전 세계 국가들이 불과 몇 시간이면 결과를 알 수 있는 한국산 진단 키트를 받으려고 줄을 섰다거나, 방역 선진국으로 거듭난 한국을 배우려고 각국 정책 입안자들이 촉각을 세우고 있다는 뉴스는 이제 더이상 새롭지도 않다.

영국의 BBC, 미국의 CNN 방송에 등장해 유창하고 세련된 영어로 한국의 코로나 방역 노하우를 전하는 강경화 외교부 장관의 모습은 한국이 이제 내가 알고 있던 '그 한국'이 아니라는 것을 증명하는 것 같았다.

그렇다. 내가 한국을 떠나온 지난 10년이란 세월동안 한국은 참 많이 변했고 발전했다. 강산도 변한다는 그 10년이란 시간동안, 한국이 싫어 글로벌 떠돌이가 되었던 나는 서서히 '국뽕'이 되어가고 있다.

외국에 나오면 누구나 애국자가 된다더니, 나 역시 애국자까지는 아니지만, 한국을 더 애정하는 한국인이 되어가고 있는 것이다.

내가 또 개인적으로 주장하고 있는 가설이 있다. 해외에서 만나게 되는 한국인들 가운데는 미국이나 유럽 등 자유주의와 민주주의가 우리보다 훨씬 발달된 나라에서 10년, 20년, 심지어 평생을 살았음에도 불구하고 나보다 훨씬 더 고루한 사고방식을 가진 '젊은 꼰대'들을 종종 보게 된다.

상식적으로 외국물을 먹었으면, 그만큼 계몽이 되어야 마땅한데, 그들은 마약, 성, 자유분방함 등과 같은 특정 카테고리에서는 누구보다 진보적인 반면에, 여성의 성역할, 가정생활 등 특정 부문에서는 의외로 엄청난 가부장적인 마인드를 갖고 있다.

마치 '조선시대 선비가 대마초를 피우는' 모습이랄까. 그런 엇박자가 나오게 된 원인을 곰곰이 생각해 봤다. 그 결과 나는 아주 주관적인 분석 결과를 내놓게 됐다. 외국에 나와 사는 한국인들은 어쩌면 자기들이 떠나온 시절의 한국적 정서에 머물러 있는것은 아닐까 하는 생각이다.

나 역시 그런 것 같다. 나는 2010년 한국을 떠났다. 내가 한국의 수준을 2010년에 고정시켜 비판하고 비교하는 사이, 한국은 이미 어느 정도 수준의 진보를 이루어 낸 것이다.

멀리서 바라본 한국의 성공 스토리에 내가 가슴이 뭉클해지며, 눈물이 핑 도는 등 '국뽕'이 되어가는 이유는 바로 여기에 있었다.

난 한국을 과소평가 해왔다. 하지만, 지난 10여년을 줄곧 외국을 떠돌면서 난 한국의 우수성을 꽤 자주 체감하게 되었는데,

크게 두 가지 카테고리에서 난 한국이 전세계 어느 나라 보다 우월하고 우수하다고 자부한다.

첫째는 의료 시스템이다. 지난 2001년 내가 미국에서 워킹홀리데이를 하고 있을 때 만난 미국인 친구가 있다. 같은 호텔에서 버써 (Busser, 레스토랑에서 음료 등을 서빙하는 알바생)로 함께 일했던 제이슨네 집에 놀러 갔던 적이 있었는데, 그 때 난 경악을 금치 못했다. 제이슨 어머니는 당시 당뇨병을 앓고 있었는데, 병원에 갈 돈이 없어 매일 스스로 배에 주사를 놓고 있었다. 그도 그럴 것이 당시 미국에서는 엑스레이 하나를 찍는 데 무려 100만원이나 든다고 했다. 그래서 대부분의 미국인들은 평생 병원 문턱을 넘어본 적이 거의 없다고 들었다. 그 얘길 듣고 설사 감기라도 걸려 병원을 가게 될까봐 미국에 사는 내내 건강관리에 노심초사했었던 기억이 있다. 미국은 '오바마 케어'가 등장할 때 까지 의료를 100% 민간의 손에 넘겨 돈벌이 수단으로 만드는 정책을 펴왔다. 현재 수십만명이 넘는 사람들이 코로나 바이러스 검사조차 못 받고 사망하는 대재앙에 처하게 된 이유를 난 거기서 발견한다.

반대로, 의료비가 저렴한 나라들은 어떨까. 2010년 영국에서 석사 유학을 했던 난 자주 독감에 걸렸었다. 특히, 해가 오전 10시에 떠서 오후 3시에 지는 암흑기인 겨울에는 감기인지 독감인지 정체를 알 수 없는 기침과 미열로 몇 달을 고생했었다. 다행히 영국은 의료가 100% 공공의 영역이라 유학생 신분이라도 공짜로 병원에 갈 수 있었다. 그래서 아주 자주 병원 문을 두드렸는데, 문제는 의사 보기가 하늘의 별따기나 다름 없다는 것이었다. 오늘 예약을 하면 아무리 빨라야 2주 후, 더 심하면 몇달 후에나 의사를 만날 수가 있었다.

당시 영국인 친구들은 이런 말을 했다. "영국에선 암에 걸리면 치료는 공짜야. 근데, 하도 줄이 길어서 순서를 기다리다가 죽게되지. 허허허." 사실이었다. 뿐만아니라, 의사를 본다 해도 의료 서비스의 품질도 문제였다. 난 당시 한달을 기다려서 꽤 크고 유명한 종합병원에서 진찰을 받을 수 있었는데, 당시 의사가 처방해 준 약을 먹고 나는 이상한 증세에 시달렸었다. 안절부절 못해서 침대 위에 누워 있지도 못하고 의자에 앉아 있지도 못하고 발을 동동 구르고 자꾸만 밖으로 뛰쳐나가 뭔가에 부딪히고 싶은 충동을 느끼는 부작용이었다. 난 당시 그게 의사가 준 '타미플루'의 부작용인 줄도 모르고, 귀신에 씌인건 아닐까 겁에 질려 매일 밤 기도를 참 열심히 했던 기억이 있다. 나중에 한국에 돌아와 제대로 된 약을 처방받고 정체불명의 기침과 미열은 사라졌다. 그리고 의사는 '타미플루'의 부작용 중에 그런 증세가 있다며 함부로 그 약을 처방해선 안되는 것이라는 설명도 해줬다.

내가 만약, 그 이상 증세를 좀더 오래 겪었더라면 난 어떻게 되었을까. 지금 생각해도 아찔하다.

그럼 지금 살고 있는 싱가포르는 어떨까. 싱가포르는 대내외적으로 의료 선진국으로 정평이 나 있다. 그래서 아랍 왕자, 전세계 갑부 등 유명인들이 싱가포르에 와서 대수술을 받거나 입원을 했다는 소식을 종종 접하게 된다. 현재 우리나라 보다 많은 2만명 이상의 코로나 바이러스 감염자가 나왔음에도 불구하고, 사망자는 100명을 넘지 않는 걸 봐도 의료 선진국이 맞다는 걸 부정할 수 없다. 하지만, 문제는 비용이다. 나는 한 번 싱가포르에서 이직을 하는 기간동안 회사에서 주는 의료보험 카드가 없었던 적이 있다. 그때 감기로 딱 한번 의사를 본 뒤 내가 낸 돈은 200 싱가포르 달러다. 우리 돈으로 치면 약 17만원 수준이다.

한국의 의료는 전세계 어느 나라에 내 놔도 1등이다. 가성비 갑. 비교적 누구나 감당할 수 있는 적당한 가격에 우수한 품질의 의료 서비스를 전국민이 받을 수 있는 나라는 전세계 어느 나라를 가도 찾아보기 힘들 것이라 생각한다. 나는 개인적으로 우리나라의 의료 체계는 절대 바뀌어선 안된다고 생각한다.

두번째, 나는 한국의 공공 복지가 전 세계 내로라 하는 선진국에 비교해 볼 때 꽤 괜찮은 수준이라고 생각한다. 전체적인 수준은 모르겠다. 다만, 체감하는 공공시설의 퀄리티는 한국만큼 잘 되어 있는 나라가 없었던 것 같다. 특히, 한국엔 '공짜'가 많다.

난 2010년 영국 유학을 시작하기 전에 한달 반 동안 자동차를 렌트해 프랑스에서 캠핑 여행을 했었다. 그때 나는 친구와 함께 매일 캠핑장을 찾아 헤매고 전기와 물을 확보해 끼니를 때우는 것이 가장 큰 관심사였다. 생존을 위한 음식과 잘 곳을 확보하는 것은 이 로드트립의 핵심이었기 때문이다. 근데, '톨레랑스'와 관용의 나라. 프랑스 혁명으로 중세 봉건 시대를 끝내고 시민에 의한 자유 민주주의 혁명을 처음으로 이뤄낸 나라, 프랑스에는 '공짜'가 없었다. 한 마디로 과장해서 말하면 '돈을 내지 않으면 굶어 죽어야 하는 나라'. 그런 나라가 바로 프랑스였다. 밥을 해 먹을 전기와 물은 철저히 '돈을 낸 자'만 얻을 수 있었다. 화장실이나 공공 시설의 전기 콘센트 구멍엔 심지어 자물쇠까지 채워져 있었다. 화장실 마다 1유로를 내야 입장이 가능했다. 그때마다 난 한국의 넉넉한 인심을 떠올렸다. 혹자는 그게 혈세가 새어나가는 구멍이라 말할 지도 모르겠다. 하지만, 나는 그때 한국의 '체감 복지'가 얼마나 넉넉한 나라인지를 몸소 느꼈다.

공산주의의 잔재가 남아있는 동유럽도 공공시설의 인심이 야박하기는 마찬가지다. 나는 작년 엄마 칠순을 기념해 열흘간 엄마를 모시고 동유럽을 여행한 적이 있다. 체코 프라하에서 헝가리 부다페스트 행 침대열차를 기다리던 날이었다. 근데 그날따라 기차는 2시간이나 연착이 되었다. 안내 방송 조차 없었다. 그때 엄마는 화장실이 무지 급한 상황이었는데, "곧 기차가 도착하면 화장실에 가면 돼"라고 하시며 참으신 게 벌써 2시간 째를 향했다. 참다 못한 엄마와 나는 플랫폼에서 다시 기차역 대합실 쪽으로 부리나케 달리며 화장실을 찾아 헤맸다. 이렇게 큰 국제 기차역에 왜 화장실은 안 보이는 건지... 대체 이 수많은 사람들은 어디에서 용무를 해결하는 건지 화가 나던 찰나에 한 화장실을 구세주처럼 발견했다. 근데, 화장실에는 왠 지하철 개찰구 같은 것이 설치되어 있었고 심지어 돈을 받는 사람이 입구를 떡 하니 지키고 있었다. 급한 나머지 엄마는 개찰구를 빛의 속도로 '점프'해서 무단으로 화장실에 입장하셨다. 그때 고래와 같은 고함을 지르던 직원에게 나는 치사함을 꾹 참고 '1유로'를 건넸다. 공공 서비스가 국가의 재산인 공산주의의 역사가 오랜 이곳 체코라는 나라의 수준이 이 정도다.

난 역사학자도 아니고 비교문화연구자도 아니기에 자세한 각 나라의 사정은 잘 모르겠다. 다만 내가 몸소 느낀 '체감 복지' 수준에 대해서만 얘기하겠다. 한국을 빼고 내가 가본 왠만한 나라들은 모두 '돈을 내지 않으면 피도 눈물도 없다'라는 스탠스를 취하고 있었다. 한국 만큼 공공시설의 인심이 후덕한 나라는 지구상에 없을 것이다.

난 이 두 가지 측면에서 한국은 매우 선진국이라고 생각한다. 그리고 한국은 지난 10여년 간 많은 발전과 진보를 거두었다고 믿는다. 내가 점점 더 '국뽕'이 되어가는 이유다.

하지만, 난 여전히 한국에서 살고 싶지가 않다. 한국에 돌아가기가 무섭다. 한국이 이만큼의 발전을 이뤘음에도 불구하고 여전히 글로벌 스탠더드에서 뒤떨어진 부분이 아직도 넘쳐 나기 때문이다. 기업들의 조직문화, 성 소수자, 장애인, 여성에 대한 차별, 여전히 가부장적인 가정 문화, 다양성이 결여된 정서적 허약함 등등...여전히 내가 비판할 부분은 수두룩하다.

알다시피, 내가 쓰고 있는 거의 모든 글들은 한국을 비판하는 글들이다. 하지만, 그 비판의 기저에는 애증이 깔려있다. 그리고 그 애증의 바탕에는 들끓는 애정이 있다. 나는 내가 완벽한 '국뽕'이 되어 한국에 돌아가지 않고서는 못 배길 날이 올 때까지 글을 쓸 것이다. 끊임없이 비판하고 비교할 것이다. 그게 내가 할 수 있는 가장 큰 애국이다.

제21화 나는 오늘도 그리움을 먹는다

나는 요리를 못했다. 지난 2005년 스위스로 인턴십을 떠나기 전까진. 우리나라 웬만한 20대 여자들이 그렇듯, 나도 20대 중반이 될 때까지 항상 엄마 밥만 먹고 자랐다. 내가 할 줄 아는 거라곤 라면과 계란 프라이 정도. 하지만 외국에서 돈 없는 백수, 취준생으로 인턴십을 하면서 물가가 살인적인 스위스에서 외식을 할 수 없었던 나는 비로소 '생존 요리'라는 걸 시작했다.

스위스에서 내가 주로 해 먹은 요리는 피자였다. 마트에는 얇게 반죽한 피자 도우를 돌돌 말아서 2 스위스 프랑 (약 1800원가량)에 판매했는데 난 처음에 이게 치즈인 줄 알았다. 포장지에 생크림과 딸기 그림이 그려져 있었기 때문이었다. 알고 보니 이 반죽은 피자뿐만 아니라 과일 크레페도 가능한 용도였다.

슈퍼마켓에서 사 온 피자 도우에 토마토 페이스트를 바르고, 토마토와 모차렐라 치즈를 잘러 얹기만 하면 90%는 완성이었다. 이제 이 피자를 오븐에 넣어 200도, 약 15분가량 굽기만 하면 끝. 나의 '생존 요리'는 이렇게 처음 시작됐었다.

2010년 영국에서 석사 유학을 하던 시절엔 돈은 있었지만 파는 음식이 죄다 맛이 없어서 또 다른 의미의 '생존 요리'를 할 수밖에 없었다. 프랑스 친구들은 우스갯소리로 "영국 애들은 혀에 미각이 없는 거 같아."라고들 했는데, 정말이지 내가 살던 버밍험이라는 부산급의 소도시엔 괜찮은 레스토랑이 하나도 없었다. 캠퍼스 식당들 마저도 비싸기만 하지 제대로 된 요리를 파는 곳이 거의 없었다. 난 거의 매일 그나마 먹을만 했던 '서브웨이' 샌드위치로 끼니를 때우곤 했다.

안 되겠다 싶어 그때 다시 시작한 게 '생존 요리'였다. 나는 주로 손쉽게 파스타 소스만 넣어도 만들 수 있는 토마토 파스타 요리를 주로 했었다. 그리고 종종 친구들을 초대해 파티를 할 일이 생길 때마다 시작한 요리가 바로 '한식'이었다. 이때부터 김치찌개, 된장찌개, 잡채, 닭볶음탕, 심지어 김밥과 삼계탕까지... 외국인 친구들 대접용 한식 요리를 하기 시작한 게 벌써 10년 전 일이 되었다.

어느덧 나는 이제 엉터리 '생존 요리'에서 한식 요리 '달인'이 되었다. 지난 10여 년 간 미국, 스위스, 영국, 싱가포르 등지에서 돈 없는 외국인 노동자, 만년 취준생, 유학생, 그리고 또다시 외국인 노동자로 지내면서, 한국에 대한 그리움이 깊어지는 만큼, 내가 한식 요리를 하는 횟수도 늘어났기 때문이다.

내가 지금 살고 있는 싱가포르란 나라에는 탄종파가 (Tanjong Pagar)라는 한국 식당 거리가 있는데, 나는 이제 그곳에서 파는 어느 한식 요리보다 "내가 더 맛있게 잘할 수 있다"며 친구들에게 너스레를 떨 정도의 수준이 됐다.

그리고, 지난 10년 간 해외를 떠도는 사이, 우리 엄마는 '포장의 달인'이 되었다.

4566 km 바다 건너 한국에 있는 엄마는 여전히 지금도 나의 아침부터 저녁까지를 챙겨 주신다. 오늘 아침에 난 호두, 해바라기 씨앗, 아몬드, 치아시드 등 10여 가지 넘는 견과류 가루에 요구르트를 섞어 건강식을 먹었다. 엄마는 가로 5cm, 세로 5cm의 작은 포장용 비닐을 구입해, 그 견과류 가루를 내가 하루 1개씩 꺼내 먹을 수 있도록 소포장했다. 그리고 더운 나라에서도 상하지 않도록 손수 구입한 진동 포장기를 이용해 공

기 한 방울 안 들어가게 꾹꾹 눌러 철통 포장을 하셨다.

엄마는 내가 한국에 들어갈 때마다, 일주일 전부터 김장급의 김치를 담그느라 비상이 걸린다. 매일 27도에서 34도를 넘나 드는 무더운 열대 기후 탓에 바로 담근 김치가 아니면 금방 쉬어버렸기 때문이다. 엄마는 새로 담근 싱싱한 김치를 지퍼가 달린 비닐에 한번 싸고, 또다시 다른 비닐로 싼 뒤, 진공포장용 비닐에 한번 더 싸고, 마지막으로 진공포장기로 공기를 제거하는 3중 철통 포장의 '달인'이 되셨다. 덕분에 한국에서 어렵게 공수한 엄마표 김치는 언제 먹어도 신선하다.

그제는 엄마표 김치로 보글보글 김치찌개를 끓여 먹었다. 요새는 사 먹는 김치도 맛과 품질이 좋아졌고, 싱가포르 현지인들도 자주 찾아서 일반 마트에서도 언제 어디서나 손쉽게 구할 수 있다. 하지만, 그 김치로 김치찌개를 끓이면, 달짝지근하면서 김치들이 겉돌기만 해, 고유의 깊은 맛이 안 난다. 그래서 항상 김치찌개는 엄마표 김치로 끓여야 제 맛이다. 들기름으로 김치를 달달 볶다가 지방이 적당히 낀 두툼한 돼지고기를 김치만큼 듬뿍 넣고 계속 볶는다. 그리고 어느 정도 김치와 돼지고기가 익었다 싶으면, 미리 끓여 놓은 멸치 맛국물 육수를 넣고 한소끔 끓인다. 이 엄마표 김치 찌깨는 신기하게도 끓이면 끓일수록 감칠맛이 난다.

엄마는 내가 시래기 된장찌개를 좋아한다는 걸 아시고는 심지어 '시래기 줄기'까지 3중 진공 포장을 해서 보내주셨다. 지난번엔 시래기에 엄마표 된장을 두 스푼 넣고, 마늘과 매운 고추를 잘게 썰어 넣고는 보글보글 시래기 된장국도 끓여 먹었다. 엄마표 시래기 된장국 맛에 비하면 세발의 피였지만, 오랜만에 엄마 손맛을 느낀 듯 행복했다.

엄마는 내가 위장이 약한 걸 아시고는 들깨죽을 물만 부어 끓여 먹을 수 있는 들깻가루도 3중 진공 포장을 해 보내주셨다. 그리고, 내가 휴가 마지막 날 한국에서 갈비찜을 맛나게 먹었다는 이유 하나 만으로 갈비찜까지 꽁꽁 얼려서 3중 진공 포장을 해 넣어 주셨다. 이렇게 항상 한국만 다녀오면 내 트렁크는 엄마표 음식들로 한가득이다. "안 먹는다"라고 "버리게 된다"라고 여러 번 말씀을 드려도 엄마는 고집불통, 말을 듣지 않는다.

이런 연유로, 지난 10년 간 나의 냉장고 냉동칸에는 언제, 어디서나 엄마의 사랑이 꽉꽉 들어차 있었다.

코로나바이러스로 집안에 갇혀 재택근무를 한 지도 벌써 4개월이 되어간다. 봉쇄령에 버금가는 서킷 브레이커 (Circuit Breaker) 발동으로 친구들을 못 만난 지도 어느덧 3개월이 다 됐다. 지난 3개월 간 내가 만난 사람은 고작, 경비원 아저씨와

택배 배달원이 전부였다. 나는 오늘도 철저한 고립 속에 은둔형 외톨이가 되지 않기 위해 사투를 벌인다.

그래서 매일 하는 게 하나 있는데, 멀리 있는 가족과의 화상통화다. 나는 매일 엄마와 가족들과 화상통화를 한다. 커뮤니케이션에 대한 욕망을 채우면서 외로움도 달래고, 말 벗도 하기 위해서다.

오늘은 오랜만에 엄마표 김치에 참치를 넣고 볶음밥을 만들었다. 엄마는 오랜만에 양배추 채를 잘게 썰어 넣고, 닭고기 가슴살을 얹은 건강식 쫄면을 만드셨다고 한다. 오늘도 나는 화상통화 버튼을 누르고 가족들을 바라보며 밥상머리에 앉았다.

"뭐 먹어?"
"맛있어?"
"보고 싶다~"

우리의 대화는 매일 똑같다. 하지만 지난 6개월 간 보지 못한 그리움은 하루하루 점점 디해져만 간다.

이제 엄마표 김치 3 봉 중에 0.5봉이 남았다. 평소 같았으면 3개월에 한 번씩 출장이나 휴가로 한국을 들어가서 이미 냉장고는 엄마의 신상 김치로 꽉꽉 들어차 있는 게 정상일 텐데.

이번 코로나 사태로 가족이 졸지에 '생이별'을 하고 '이산가족' 이 되면서 지난 6개월 간 공수를 못한 탓이다.

엄마는 내가 어제 스쳐 지나가는 말로 "고추 장아찌가 맛있어 " 한마디를 했다는 이유로 오늘 또 장을 보러 가신다고 한다. 고추 장아찌를 담그신다며.

"에이, 뭐 벌써 담가?"

미안한 마음에 건넨 한 마디에 엄마는 답하신다.

"미리 담가둬야 나중에 네가 가져갈 때 더 맛나지."

순간 눈물이 핑 돈다.

반 봉지밖에 안 남은 엄마 표 김치를 다 먹기 전까진 한국에 돌아갈 수 있을까. 아무래도 힘들겠지? 그럼 엄마가 새로 담근 고추 장아찌에 맛이 들 무렵엔 한국에 갈 수 있을까?

"난 오늘도 그리움을 먹는다."

제22화 내 인생 두 번째 고소장을 접수했다

나는 오늘 내 인생 두 번째 고소장을 접수했다. 원고는 나, 피고는 전 집주인이다. 코로나 바이러스로 인한 서킷 브레이커 (Circuit Breaker) 가동이 한창이던 4월 15일에 이사를 해야 했던 나는 그야말로 '개고생'을 했다.

서킷 브레이커는 사실상 도시를 전면 봉쇄하는 락다운과 다름없거나 더 강력한 조치였다. (자세한 내용은 이전 글 '서킷 브레이거라 쓰고...' 참조) 싱가포르 정부는 같이 거주하는 동거인 이외에 친구, 동료는 물론 자기 부모까지도 못 만나게 막았다. 벌금은 최대 10000불에 달했다.

게다가, 이삿짐 업체도 정부에서 허가를 받은 업체만 쓸 수 있어서 나는 미리 예약해 두었던 업체와 정부 허가증 여부를 놓고 20여 번의 전화질로 실랑이를 한 뒤, 겨우 취소하고, 이사 비용이 두배나 더 비싼 정부 허가 업체를 써야 했다.

여기서 끝이 아니다. 이사를 할 때 짐을 옮기는 것보다 더 '힘든' 게 살던 집을 청소하는 것인데, 싱가포르는 스크래치 하나, 티끌 하나도 꼬치꼬치 따지고 보증금에서 거액의 돈을 떼어가는 악덕 집주인들이 많아서 이사 청소를 엄청나게 꼼꼼히 해야 한다.

평소 같았으면, 헬퍼라 불리는 가사 도우미들을 고용해서 80불에서 100불 정도면 집 청소를 끝낼 수 있었을 텐데, 이놈의 서킷 브레이커 때문에 이사를 할 경우에도 헬퍼를 고용하는 것이 전면 금지됐다. 하는 수 없이 나는 장장 7시간여에 걸쳐 혼자 집 전체를 대청소해야 했다.

대청소는 자정이 넘어서야 끝이 났다. 내 몸은 락스와 세제로 뒤범벅이 된 상태였다. 고무장갑을 꼈는데도 손 끝에 습진이 생길 정도로 청소는 고됐다. 창문에 붙인 시트지를 떼어내고 창문을 박박 닦느라 팔이 떨어져 나가고 허리가 끊어지는 줄 알았다. 온몸의 근육 세포가 얼얼하게 달아오르면서 열이 났다. 청소를 끝내고 집에 가야 하는데, 도저히 일어 설 힘이 없었다. 그렇게 한 몸 바쳐 빛내고 광낸 집에서 쥐 죽은 듯 엎

어져서 강제 휴식을 취한 뒤 겨우 새 집으로 무거운 몸을 옮겼다.

그렇게 힘들게 한 청소였다. 난 만약을 대비해서 동영상까지 찍어 뒀다. 싱가포르 일부 집주인 중에는 외국인 세입자를 상대로 '보증금 떼먹기' 사기를 치는 경우가 종종 있다. 아니 나의 경우는 운이 나빴는지 내가 그동안 만난 10명의 집주인 중에 순순히 보증금을 돌려준 사람은 불과 3명에 불과했다.

지난 2014년 당시 싱가포르에서 근무를 했던 친오빠와 함께 처음으로 방 3개짜리 큰 집을 렌트했을 때는 계약 과정에서 집주인이 홀딩 디포짓(Holding Deposit: 집을 가계약하고 내는 한 달 치 월세)을 들고 말레이시아로 날르는 바람에, 소송까지 해서 4개월 간의 법정 싸움 끝에 겨우 2600불, 우리 돈으로 약 240만 원가량을 돌려받은 적도 있다.

당시 부동산 에이전트를 통해 그토록 연락을 취했던 집주인은 감감무소식으로 일관하다가, 내가 고소장을 날리고 내용증명이 자기 집에 도착하고 나서야 겨우 연락이 닿았다. 다행히 법적 분쟁에 겁을 먹은 집주인이 자발적으로 법정에 나오면서 재판까지 가지 않고 합의로 사태를 마무리할 수 있었다. 하지만, 치사하게도 "메이드를 고용해서 집 청소를 했던 비용 200불은 꼭 받아야겠다"는 집주인의 주장 탓에 2600불 중 200불을 제한 2400불만 돌려받았다.

이게 내 인생 최초의 법정 다툼이었다. 나는 외국에 나와서 살면서 참 한국에서는 한 번도 경험해 보지 못한 것들을 많이 해봤다. 고소장을 접수하는 것도 그중 하나이다.

나는 오늘 내 인생 두 번째 고소장을 접수했다. 그나마 불행 중 다행인 건 예전 첫 번째 고소장 접수 당시보다 기술이 발달해서, 직접 법원에 가서 고소장을 손으로 쓰지 않고도 온라인으로 고소장을 손쉽게 접수할 수 있게 되었단 거다. 접수 비용은 단돈 10불이다. 이 점은 마음에 든다. 대신 재판으로 가게 된다면 내가 나를 변호해야 한다.

싱가포르엔 보증금 관련 분쟁이 많은지, Small Court (소액 법정) 사이트에는 아예 보증금 반환 청구 소송이라는 카테고리 까지 있었다.

나는 사실, 설마설마했었다. 설마 또 내가 인생 두 번째 고소 장을 접수하게 될 줄이야... 과거 첫 번째 고소 땐 난 지금보다 어렸고, 외국 생활도 얼마 안 됐던 탓에 정말 많이 힘들었다. 난생처음 해 보는 고소. 낯선 외국에서 '당했다'는 피해의식. 돈의 액수를 떠나서 외국에 나와서 이런 일을 겪게 되면 참 막막하고 한국 생각난다. 돈을 떠나 내 권리가 침해된다는 건

뼈아픈 일이기 때문이다. 이래서 미우나 고우나 내 나라, 내 가족이란 말이 나오는가 보다.

하지만 지금은 다르다. 외국 살이에도 어느 정도 잔뼈가 굵었다. 이럴 줄 알고 동영상이니 사진이니 엄청나게 박아 뒀다. "넌 나한테 잘 걸렸다."

서킷 브레이커 핑계로 50일이나 지나서야 집을 체크하고는 벽에 곰팡이가 생겼다며 집 전체 페인트칠 비용, 800불을 떼가야겠다는 악덕 집주인. 매일 기온이 27에서 34도를 왔다 갔다 하는 적도의 열대 기후 싱가포르에서 집이 한 달 반 동안 내팽개쳐져 있는데, 곰팡이, 아니 더 한 것도 생기는 게 당연하다. 그걸 왜 내가 부담해야 하지?

아무 프로그램도 나오지 않아 보지도 않은 티브이가 자체 결함으로 스스로 망가졌고, 이미 계약서대로 집주인에게 고지한 지가 작년인데, 150불 이상이 드는 수리비용은 주인이 부담한다는 면책조항을 훑어보기는커녕 1000불짜리 티브이를 다시 사야 하니 추기로 또 1000불을 떼어 가겠다는 이 도둑놈 심보의 집주인을 난 절대로 용서할 수가 없다. 그래서 총 3100불의 디포짓 중에 고작 1200불만 주겠다는 이 네가지 없는 사기꾼 집주인을 난 내손으로 '고소'했다.

돈을 다 날리는 한이 있더라도, 난 끝까지 싸울 작정이다. 고질적인 인재 가뭄에, 자원도 없는 더위 빠진 나라에 들어와서 생산력 높여 주고 없던 부가가치도 만들어 주는 외국인 엑스팻들에게 감사는커녕, 보증금 사기로나 화답하는 일부 악덕 싱가포리안 집주인들은 고질적 '사회 문제'다.

이럴 때마다 한국에서 일하는 외국인 엑스팻들이 부럽다. '동방예의지국' 한국에서는 엑스팻들도 손님이라며 되려 더 잘해 주는 일이 허다하다. 하지만, 일부 '돈벌레' 싱가포리안 악덕 집주인들은 거액의 렌트비로 집값 대출금까지 자동으로 갚아주는 외국인들에게 고마움은커녕, 이런 '돈벌레' 짓이나 하고 있다. 이럴 때마다 정말 한국이 그립다.

싱가포르에서 열 일하는 모든 외국인 엑스팻과 외노자의 명예와 권리와 이름을 걸고 끝까지 싸울 테다.

제**23**화 다국적 기업엔 제국주의가 흐른다

다국적 기업 하면 떠오르는 이미지는 뭘까.

민주주의, 수평적 조직 구조, 꼰대 프리, 프렌드십 등등...온갖 좋은 이미지로 포장되어 있을 게다. 하지만 지난 8년여 간 미국계 다국적 기업을 다니면서 내가 발견한 키워드 중 하나는 바로 제국주의다.

'다국적 기업에는 여전히 제국주의의 피가 흐른다.'

나는 지난 2월 중순 싱가포르가 락다운에 버금가는 서킷 브레이키 (Circuit Breaker)에 들어갔을 때부티 신규 시장 론칭 프로젝트를 떠 맡았다. 내심 기대했었다. "코로나바이러스가 창궐한 이 아수라장 속에 설마 나한테 신규 시장 론칭 플젝을 그대로 진행하라고 하진 않겠지?" 하며...

하지만 나의 예상은 빗나갔다. 당초 한국, 일본, 대만 3개국 장기 출장을 3월에 앞두고 있었던 난 졸지에, 출장은 날리고 대신 프로젝트는 그대로 진행하는 이중고에 처하게 됐다.

뿐만아니다. 코로나 바이러스 창궐로 각종 경제 지표, 주가, 환율, 에너지, 원자재 가격이 요동을 치면서 나는 온라인으로 진행하는 왜비나 (Webinar)를 무려 3개나 했다.

코로나 바이러스로 인한 시장 여파와 전망을 다루는 온라인 프레젠테이션 말이다.

덕분에 나는 친구도, 동료도 못 만나는 은둔형 외톨이 생활과 더불어 그야말로 제대로 '일폭탄'을 맞아 버렸다.

지난 4개월 간의 삶은 마치 감옥에 갇혀서 꾸역꾸역 쏟아지는 노역을 해야하는 고행의 연속이나 다름없었다.

스트레스는 하늘을 찌르고 멘탈은 흔들리기 시작했다.

언젠가부터 난 그래서 조깅을 시작했다. 새로 이사온 집 근처가 마리나베이 공원이라 바다도 볼겸 땀흘리며 스트레스도 날릴겸 매일매일 공원을 찾았다. 그리고 미친듯이 뛰었다. 매일 업무를 마치고 1시간씩. 땀을 흘리고 뛰지 않으면 정신적으로 미쳐버릴 것 같았기 때문이다.

그런 고행의 시간이 무르 익어 지난주 금요일 드디어 나는 신규 마켓을 성공적으로 론칭했다. 그리고 런던에 있는 영국인 글로벌 헤드와 싱가포르에 있는 뉴질랜드인 아시아 헤드로부터 엄청난 칭찬을 받았다.

아시아 헤드는 이 어려운 시기에 신규 마켓을 론칭한 나를 치하하기 위해 사내 SNS 블로그에 홍보팀 검수까지 받은 사내 기사를 올렸다. 신규 마켓 론칭을 위해 화상회의를 하는 글로벌 프로젝트팀의 얼굴들이 나란히 나온 사진까지 함께 올렸다. 거기에 글로벌 70여개 오피스에 흩어져 있는 얼굴도 모르는 동료들이 '좋아요'를 누르고 다들 그야말로 '잔치' 분위기였다.

하지만 나는 기분이 좋지 않았다. 코로나 바이러스로 인한 서킷 브레이커 기간동안 나 혼자 집에 갇혀서, 사람과의 왕래와 커뮤니케이션조차 금지된 철저한 고립 속에서 내가 지난 4개월간 얼마나 '개고생'을 하며 이뤄낸 성과인지를 누구보다 내가 더 잘 알고 있었기 때문이었다.

나는 처음에 파키스탄계 매니저에게 양해를 구했다. "코로나 바이러스로 면대면 리서치가 불가능해 퀄리티에 문제가 있을 것 같다. 코로나 이후로 연기하는 게 좋을 것 같다." 하지만 그녀의 대답은 싸늘했다. 아니, 거기에 더해 내가 커버하지도 않았던 새로운 마켓까지 덤으로 떠넘기면서, 나의 '비명'에 일 폭탄으로 응수했다.

가뜩이나 정신적으로 힘든 고립 생활 속에서 일만 점점 늘어나자, 나는 그 위의 뉴질랜드 출신 아시아 헤드에게 'sos'를 청하기에 이른다. 하지만, 그녀의 반응은 더욱 황당했다. 그녀는 파키스탄계 매니저를 내가 요청한 상담에 동석하게 했다. 결국, 나의 도움 요청은 부메랑이 되어 돌아왔고, 철저히 묵살되었다.

결과적으로 난 꾸역꾸역 온라인으로 리서치를 진행할 수밖에 없었다. 신규 마켓 론칭이 100% 버추얼로 진행된 건 아마 이번이 처음일 것이다. 결국 나의 피와 땀이 모여 프로젝트는 기적적으로 성공한 것이나 다름없었다.

하지만, 대외 홍보용 기사엔 내 이름이 한줄도 나오지 않았다. 매주 열린 글로벌 컨퍼런스 콜에서 리서치 결과를 업데이트한 건 나 혼자 였고, 나머지 9명은 '감놔라 배놔라' 시어머니 노릇만 한 게 전부였는데. 결국 재주는 곰이 부리고 과실은 그들이 따 먹는 구조가 된거다. 뭔가 엄청나게 착취를 당하고, 성과를 갈취당한 기분 때문에 난 매우 화가 났다.

문득 '제국주의'란 단어가 떠올랐다. 제국주의. 사전적 의미로는 '특정국가가 다른 나라, 지역 등을 군사적, 정치적, 경제적으로 지배하려는 정책, 또는 그러한 것을 목적으로 하는 사상을 가리킨다. 엄밀히 정의하면 영향력, 즉 패권보다는 영역의 지배를 확대하는 정책 또는 사상을 가리킨다'.

난 내가 다니고 있는 다국적 기업이야말로 제국주의의 사상을 21세기까지 이어가고 있는 유일한 표본이라고 생각한다. 특히 미국, 영국 등 서양권에 본사를 두고 있는 다국적 기업은 제국주의의 DNA가 가장 뚜렷이 관찰되는 식민지의 축소판이나 다름 없다.

이 먹이 사슬의 가장 꼭대기엔 영국인이나 미국인이 있다. 그리고 그 밑엔 약간 변방 서양나라 출신의 지역별 헤드가 있다. 우리 팀 같은 경우엔 뉴질랜드 출신의 아시아 헤드가 있다. 그리고 그 밑엔 인도, 파키스탄, 방글라데시 등 과거 영국 등 서양나라의 식민지 지배를 받은 '나름 영어권' 출신의 매니저가 있다. 그리고 그 밑엔 싱가포르나 홍콩 같은 영어가 잘 통하는 아시아 나라의 매니저가 있고, 그 밑을 깔아주는 건 한국, 중국, 일본, 동남아시아 등 출신이다. 이들은 오로지 실력으로 다국적 기업 문턱을 넘었으나 영어가 조금 달리는 관계로 유리천장에 부딪혀 착취당하는 필드워커 신세가 되는 경우가 많다. 물론 영미권에서 오랜 이민이나 유학 생활로 네이티브 수준의 영어 실력과 네트워킹 능력을 갖춘 아시안들은 제외다. 지극히 개인적이고 편향된 사견임을 강조한다.

제국주의는 20세기에 끝났지만, 제국주의의 DNA는 '다국적 기업'이란 이름으로 21세기에도 이어져 내려오고 있는 것이다.

어찌보면 지금의 다국적 기업의 모태는 영국의 동인도회사 처럼, 식민지에 회사를 설립하고 값싼 노동력을 착취하는 제국주의 국가의 '척식회사'가 아닐까 싶다.

그런 의미에서 나는 또 다른 형태의 '고급' 노예가 아닐까 싶은 씁쓸한 생각이 든다. 꼰대와 상명하복을 피해 나온 외국의 다국적 기업엔 또다른 형태의 불합리가 도사리고 있었다. 결국, 지구상 어디를 가든 밥벌이는 고통스럽고 치열한 '밥그릇 전쟁'이다.

그래서 나는 오늘도 주문을 외운다. "멘탈갑이 되자."

제국주의의 피가 흐르는 다국적 기업에서 살아남기 위해선 내가 강해지는 방법밖엔 없다.
약육강식. 적자생존. 바닥에 있지만 지지 않는 강인함으로 내일도 이 지리멸렬한 밥그릇 전투에서 최소한 밟히지는 말자는 다짐에서다.

제24화 할많하않

이럴 줄 알았다. 난 오늘 아침부터 그야말로 제대로 빡쳤다. 늘 그랬듯이 파키스탄계 매니저 때문이다.

지난 글(다국적 기업엔 제국주의가 흐른다)에서 썼듯이 나는 지난 4개월 간의 재택 감옥살이 동안 신규 시장을 론칭했다. 개고생을 하며. 근데 그 와중에 이 매니저는 기존 포트폴리오에 더해 신규 마켓까지 커버하라며 일폭탄을 던지기까지 했다.

결국 나는 다른 아랫것들이 기본으로 커버하는 일주일 2개 시장, 5개 리포드에 더해 일주일 3개 시장, 7개 리포트를 신규 프로젝트 및 각종 코로나 관련 왜비나(웹 프레젠테이션) 4개와 함께 꾸역꾸역 감당해야 하는 지옥 고생길을 걸어 왔다.

그리고 지난 주 금요일. 성공리에 신규 시장 론칭 프로젝트를 마무리한 나는 그래도 조직에서 어느 정도 입김이 생겼다. 그래서 그 위의 뉴질랜드 출신 아시아 헤드한테 'SOS'를 쳤다. 실상은 SOS 보다 더한 최후통첩이었지만.

"기본적으로 한명이 감당할 수 있는 시장을 커버하는 게 논리에 맞다고 생각한다. 게다가 왜비나 4개에 장기 프로젝트 1개까지 반년동안 진행하느라 너무 번아웃 됐다. 나는 너의 추진력과 매니징 스타일이 마음에 들고 너랑 같이 오래오래 일하고 싶은데, 업무 로드가 너무 과도하면 그럴 수가 없다."

바보가 아닌 이상 알아 들었을 것 같았다.

왠일인지, 평소 같으면 내가 치는 프라이빗한 SOS에 파퀴 (파키스탄+마귀의 합성어로 내가 붙인 매니저의 별명이다)까지 면담에 동석을 시켜 나를 무안하게 할 법한 디렉터가 이번엔 매니저에게 일 좀 줄여 주라고 언질을 줬는지, 매니저가 나랑만 면담을 하잰다.

그게 바로 오늘 아침이었다.

그런데 역시나. 파퀴의 궤변과 잔머리는 내가 생각하는 그 이상. 상상을 초월한다. 이것은 필시 지구계가 아니라 천상계의 수준이다.

"너가 그동안 혼자 고립되어 재택을 하며 힘들었던 것을 안다. 너가 '정신적'으로 힘들었던 것을 감안해서 상담 프로그램을 듣고 싶다면 얘기해라."

(응? 뭐라고? 웬 상담? 일이나 줄이라고 이 여자야.)

난 필요없다고 딱 잘라 말했다.

그리고 조목조목 논리정연하게 왜 내 업무로드가 다른 애들보다 많은지에 대해 왜 마켓 하나가 내 기본 업무량에서 사라져야 하는지에 대해 반박했다.

그랬더니 이번엔 또 물타기 신공을 벌인다.

"왜비나는 누구나 하는 업무의 연장선이다. 너는 '타임 매니지먼트'(Time Management)가 잘 안되는 것 같다. 링크드인을 통해 진행하는 외부 교육 프로그램을 신청해서 들어라."

(엥? 뭐라고? 일이 많다고 이 아줌마야.)

그녀가 업무 분배를 편파적으로 하고, 정량적으로 배분하지 않고 특정 자기가 미워하는 나 같은 아랫것들에게 몰아주기를 하는 거라는 얘기를 하고 있는데, 본인의 편파적 매니징과 리더십 부재에 대한 성찰은 하지 못할 지언정. 결국 결론은 다 내가 잘못했고 다 내가 부족하다는 것.

'할많하않.'

난 그동안 이 말에 동의하지 못했다. 난 한국에서 그 무섭다는 기자 조직에서 (여)기자로 각종 꼰대 취재원 및 꼰대 선배, 상사 등등의 핍박을 받으면서도 할많은 꼭 하는 (여)기자였다. 그게 내 별명이었다. 부당한 일을 당했을 때 할말을 하지 않으면 몸에 소름이 돋는 인간이었다.

그런데. 난 이제 이 말 뜻을 알 것 같다. 하고 싶은 말은 많지만 하지는 않겠다.

'난 파퀴. 당신에게 할 말은 많지만 하지는 않겠다.'

이 매니저 밑에서 고급 노예로 착취를 당한 지 벌써 1년 반이다. 원래 난 지금 회사의 경쟁사에서 워라밸과 좀더 상식이 통하고 덜 비열하고 덜 교활한 동료들과 함께 일하며 나름 평화로운 싱가포르 생활을 즐기고 있었다.

그.런.데.

지금 뉴질랜드계 아시아 헤드가 링크드인으로 쪽지를 보내 "매니저 포지션이 오프닝 했으니 지원하라"며 나를 꼬드겼다. 연봉도 올려 주겠다며.

그.래.서.

반신반의 하면서 내가 지난 2016년 '이 더러운 조직, 다신 뒤도 돌아보지 않겠다'며 떠났던 이 회사에 다시 기어 들어 오게 된 것이다. 매니저가 되고픈 욕심과 연봉에 넘어간 것이다. 결국 원래 진행했던 매니저 포지션엔 이 파키스탄계 여자가 앉게 되었고 그때부터 그녀의 견제도 시작됐다. 그녀는 옆팀에서 온 낙하산이었기에 업무 지식은 일천했다.

사실 싱가포르에는 다들 아는 불문율이 있다. 조직에 인도, 파키스탄, 방글라데시 등 sub-continent계 인종이 많을수록 그 조직은 더러운 정치판이 된다는 것을...

나는 외국에 나와 다국적 기입에 다니면서부터 그들에 대한 편견이 생겼다. 다들 한번쯤은 들어봤을 것이다. 그들이 얼마나 변명과, 남의 업적 갈취와, 자기 방어와, 물타기에 능한 종족인지를...함께 일을 해본다면 다들 몸으로 마음으로 느껴봤을 것이다. 물론 안 그런 사람들도 있을 것이다. 하지만 운이

나쁘게도 내가 만난 그쪽 지역 출신 사람들 중 99%는 이같은 성향을 갖고 있었다.

나를 인종차별주의자라고 욕해도 좋다. 하지만, 한국의 상명하복, 말 안통하는 꼰대를 피해 나온 외국엔 또다른 형태로 날 괴롭히는 '인도파퀴'. 그들이 있었다.

그리고 대게의 경우 영어 말빨이 좋은 이들은 아시아권에 진출한 다국적 기업에서 꽤 높은 요직을 독차지 하고 있다. 그 밑에서 일하는 괴로움이 얼마나 끔찍한 것인지는 상상에 맡긴다.

여튼. 나는 시달려 왔고 앞으로도 시달릴 것으로 보인다. 내가 과민한건가? 그들이 너무한건가? 다른 사람들은 대체 어떻게 이들과 둥글둥글 잘 지낼 수 있단 말인가. 이게 지난 8년간 싱가포르에서 다국적 기업을 다니며 내가 백번 천번을 묻고 또 물었던 질문들이다.

그리고 최근 읽은 어떤 책에서 엉뚱하게도 그 해답을 찾았다.

[세상은 원래 그런 것이다. 조직이란 원래 그런 것이다. 회사라는 건 원래 그런 것이다.

그것을 인정하고 오로지 '신경을 끄는 방법' 밖엔 없다. 당신이 할 수 있는 건 그것 뿐이다.

원인을 찾고 무엇을 해결하려 할수록. 왜 나한테만 이런 일이 벌어지느냐고 원망할수록

당신 자신만 괴로워진다.]

-책 '신경끄기의 기술'에서 발췌 후 내멋대로 다시씀-

결국 돈을 벌고 밥벌이를 한다는 건 나의 노동만을 돈과 교환하는 게 아니다.

밥벌이를 한다는 건 그 이상의 소중한 것들을 돈과 교환하는 것이었다.

나의 자존심이 땅에 떨어지고, 스트레스가 하늘을 찌르고, 남의 헛점을 승냥이처럼 찾아 헤매며 자신의 존재감을 찾는 fault-finder들에게 찔리고, 일은 안하고 말빨로 나불거리며 회사를 정치판으로 만드는 politician 밑에서 할말을 잃고, 일은 안하고 친구맺기와 수다로 연명하는 free-rider 들의 뻔뻔함을

견디어 낸 인내의 '댓가'를 지불 받는 것이다.

그래서 밥벌이는 더럽고 처절하지만 숭고한 것이다.

오늘도 나에게 주어진 빡침의 할당량을 묵묵히 소화해 냈다. 그리고 내일은 또 다른 형태의 빡침이 나를 기다리고 있을 것이다. 그게 바로 돈을 번다는 것이다. 그게 바로 다국적 기업이란 정글이다.

그리고 또 나는 이렇게 앓던 글을 내뱉으며 널 뛰는 마음에 마침표를 찍고,

신경을 끈다.

바로 이런 게 신경끄기의 기술인 걸까?

아직은 초보라 어렵지만 그래도 노력해본다.

그리고 오늘 하루도 시달리며 밥벌이를 해낸 나를 포함한, 모든 직장의 노예들에게 화이팅을 외친다.

"참. 수고가 많았다!"

제**25**화 드디어 벤치에 앉을 수 있게 됐다

드디어 해방이다.

지난 3개월 간 싱가포르에 내려진 서킷 브레이커 조치로 나는 친구도 못 만나고, 식당에 앉아서 밥도 먹을 수 없고, 오로지 할 거라곤 집에 갇혀서 일만 하는 '재택 감옥살이'를 했다. 정부가 금지한 이 모든 것을 어겼다간, 벌금이 무려 최대 1만 싱가포르 달러, 한화로는 약 860만 원에 달해 몰래 친구를 만날 생각조차 못했다. 외국인 노동자는 어길 즉시, 거의 대부분 바로 추방이기 때문이다.

원래는 1달 간만 서킷 브레이커를 가동하기로 되어 있었는데, 갑자기 이주 노동자들의 기숙사에서 하루 1000명 이상의 코로나바이러스 집단 감염자가 속출하면서, 연장, 또 연장. 결국 3개월이나 감옥살이를 하게 됐다.

코로나로 친구도 못 만나고, 레스토랑에도 갈 수 없고, 쇼핑몰에도 갈 수 없는 '고담시티' (Gotham City: 영화 베트맨에 나오는 우울한 도시) 생활을 졸지에 하게 되면서 생활에 여러 가지 변화가 있었다.

첫째로, 나는 반려식물을 기르게 되었다. 유일한 나들이 코스로 매주 슈퍼마켓을 갈 때마다 예전엔 파는지조차 몰랐던 식물들이 눈에 들어와 한 개 두 개 사기 시작한 게 벌써 미니 정원을 이뤘다.

칼랑코에라는 이 식물은 물을 자주 주지 않아도 스스로 잘 자라는 선인장과의 꽃인데, 아기자기한 꽃 모양이 너무 귀엽고 예쁜 게 아닌가. 그렇게 노랑이와 분홍이 두 그루를 입양했다. 티브이 '나 혼자 산다'를 보다가 박세리가 파인애플을 통째로 먹고 남은 뿌리 쪽을 심으면, 미니 파인애플 나무가 자란다기에 나도 그렇게 파인애플 두 그루도 심었다. 그리고 나머지 한 친구는 내가 서킷 브레이커 중에 '개고생'을 하며 이사 온 지금 집(이전 글, 두 번째 고소장을 접수했다 참조), 옆집에 사는 이란계 엑스펫 친구가 웰컴 화분으로 사준 이름 모를 식물인데, 엄청 잘 자란다. 곧 나무가 될 기세다.
이렇게 예전 같으면 거들떠보지도 않았을 꽃과 식물 친구들을 여러 '마리' 입양해서 물도 주고 시든 입사 귀도 따주고 얘기도 나누고, 사랑을 주면서 지난 3개월을 심심하지 않게 보냈다.

두 번째로, 나는 기타를 배웠다. 예전에도 싱가포르 삶이 무료한 나머지 바이올린을 사서 친구들과 모여 배운 적이 있었는데, 결국엔 '반짝반짝 작은 별' 정도 몇 번 켜다가 싫증을 내곤 바이올린을 팔아 버렸다. 기타도 친구들과 모여서 배우면 좋았겠지만, 서킷 브레이커 발동으로 동거인 이외에는 아무도 만날 수가 없었으므로, 난 유튜브로 기타를 독학했다. 알고 보니 손가락 여러 개로 코드만 집어 내려치는 '스트로크'라고 하는 연주법으론 단 하루 이틀 만에도 기타를 칠 수가 있었다. 그래서 난 이틀 만에 '연가'를 독학해 쓸쓸할 때나 열 받았을 때 혼자 노래를 부르며 기타를 치곤 했다.

세 번째로, 난 달리기를 좋아하게 됐다. 과거 폐렴을 두 번 앓은 데다, 유산소 운동을 거의 안 하는 사람인지라 폐활량이 거의 70대 할머니 수준이라는 진단까지 받았던 나였다. 그만큼 달리기는 나와는 거리가 매우 먼 운동이었다. 서킷 브레이커 기간 중 이사를 온 뒤부터는 집 앞에 있는 마리나 베이 공원에 매일 마다 나가 달리는 게 나의 일과가 되었다. 뛰면 뛸수록, 숨도 덜 차고, 얼굴에 붙었던 후덕 살도 사라지고, 뱃살도 살짝 빠지고, 몸매도 뭐 나름 봐줄만하게 변했다. 그리고, 후텁지근해서 질색 팔색을 했던 싱가포르의 야외 활동에도 정을 붙였다. 상쾌하고 청량감은 없지만, 따뜻하면서 촉촉한 자연을 마주하는 느낌도 나쁘지 않았다. 매일 업무를 마치고 마스크를 쓰고 달려 나간 마리나 베이는 나의 힐링 장소가 됐다. 덕분에, 쌍둥이 무지개도 목격하고, 바닷가에 앉아서 노래도 듣고, 마지막으로 본 지 십 년도 넘은 '노을'이란 것도 자주 보고, 나름 감성적인 혼자만의 여유를 즐겼다.

다섯 번째로, 피부가 좋아졌다. 대학교에 들어간 뒤부터 매일 밖에 나갈 때마다 했던 화장을 지난 4개월간 재택근무를 하면서 한 달에 1번 할까 말까. 거의 안 하게 되자 피부가 숨을 쉬고 혈색이 맑아진 것이다. 그동안, 각종 좋다는 화장품을 바르고 피부과 시술도 받으며 공을 들여도 별다른 효과를 보지 못했는데, 화장을 안 하니 이렇게 스스로 알아서 재생이 된 건지, 아님 조깅으로 혈액순환이 잘 되서인지... 이유는 모르겠다. 결과적으로 이제는 쌩얼이나 화장한 피부나 별 차이가 없어졌다. 다시 출근을 하게 되면 또다시 화장을 하게 되겠지만, 당분간은 아주 가볍게 하고 다녀도 될 것 같다.

여섯 번째로는, 엄마와 전화하는 시간이 '기하급수적으로' 늘었다. 물론 서킷 브레이커 전에도 난 엄마와 매일 카톡을 주고받는 친한 사이였다. 하지만, 코로나 이후 매일 비디오 콜을 하게 되면서 '엄마~엄마~엄마~'를 하루에 몇 번을 부르는지 모른다. 엄마는 핸드폰 화면 건너 처량하게 엄마를 부르는 나를 보며 "잃어버린 엄마를 찾는 송아지 같다"라고 했다. 말하는 법을 잊어버리지 않고, 누군가와 매일 소통하며 히키코모리 (은둔형 외톨이)가 되지 않기 위한 일종의 '발악'이긴 했지만, 코로나 기간 동안 한국에 갈 순 없어도 오히려 엄마, 가족들과 그렇게 더욱 가까워졌다.

마지막으로, 다시 한글로 글을 쓰게 됐다. 10년 전 한국을 뜬 이후로 난 거의 절독과 절필을 했다. 한국에서 잠시 기자로 일을 하면서 난 매일매일 주문된 글, 혹은 참견당한 글들만 공장 노동자처럼 써대느라 글쓰기에 질려 버렸다. 쏟아지는 정보와 뉴스의 홍수 속에 체할 정도로 피로했고, 유학길에 오른 이후엔 한국 뉴스나 한국어로 된 책도 되도록이면 쳐다보지 않았다. 지난 10년간은 거의 영어로 된 학업 또는 업무용 글만 썼던 것 같다. 코로나로 인한 강제 감옥살이 기간 동안, 난 다시 한글로 된 글을 쓰고, 한글로 된 글을 읽기 시작했다. 그러면서 10년 전 한국을 떠나오던 때의 설레고 벅찼던 나를 다시 되찾았다. 힘들게 들어간 직장에 사표를 내던지고, 대책 없이 올랐던 유학길에 꿈꿨던 삶 속에 바로 지금 내가 들어와 있다는 사실도 깨달았다. 지금 내가 힘들다고 불평불만하는 오늘은 지난 2010년 내가 소망하고 꿈꿨던 미래였다. 코로나 덕에 뜻밖의 반성과 성찰도 덤으로 얻었다.

그리고 오늘, 드디어 나는 매일 조깅을 하는 마리나 베이 공원에서 벤치에 앉을 수 있는 영광을 누렸다. 항상 앉지 말라고 테이프로 덕지덕지 막아놨던 공원 벤치가 봉인해제 된 것이다. 여기 앉아서 마리나 베이를 바라보는 기분이란. 전에 한 번은 뛰다가 숨차서 벤치는 고사하고, 땅바닥에 앉아 쉬는데도 단속요원이 와서 일어나라며 뭐라고 했었는데. 이젠 눈치안보고 당당히 벤치에 앉아 쉴 수가 있다. 이게 뭐라고. 왜 이리 감격스러운지...

친구들과 마지막으로 모임을 한 게 3월 31일이었으니, 거의 지난 3개월을 꼬박 혼자 지냈다. 그동안 혼자 이사도 하고, 일폭탄도 맞고 여러 가지 힘든 일이 많았다. 하지만 죽으라는 법은 없다고 생존본능으로 여러 가지 방법을 통해 나는 행복을 찾아 헤맸다.

그리고, 평소 너무나 당연해서 거들떠보지도 않았고, 감사해본 적조차 없는 작은 것들에 열광하고 감격할 정도로 행복이란 것에 겸손해졌다. 그동안 타국에서 가족을 대신해 외롭지 않게 내 곁을 지켜줬던 친구들의 소중함도 절실히 느꼈다.

이제 내일 드디어. 나는 3개월 만에 모든 것이 마비된 고담시티가 아닌 진짜 '세상'으로 돌아간다. 쇼핑몰 문이 열리고, 옷가게에서 구경을 할 수 있고, 카페에 앉아서 커피 한 잔을 마실 수 있고, 친구들과 만나 맥주 한잔 들이켤 수 있는 자유의 세상이 돌아왔다.

그 당연했던 일상이 이토록 간절해질 줄은 몰랐다.
그토록 하찮고 당연하고 시시한 자유가 이토록 열렬한 행복의
원천이었을 줄은 꿈에도 몰랐다.

지금의 이 기분을 절대로 잊지 말자.

나중에 훗날 또다시 모든 것이 당연해지고 하찮해 지고 시시
해졌을 때, 오늘 쓴 이 글을 꺼내 볼 작정이다.
행복은 멀리 있지 않다. 바로 내 코앞에 있었다.

에필로그

어느덧 내가 코리아노마드로 살아온 지도 10년이 되었다.

국제변호사가 되겠다며 외국어 고등학교 시험을 준비하던 열여섯 여중생 시절로부터 25년.
워킹홀리데이로 간 첫 해외, 미국 버클리 대학 캠퍼스를 거닐며, 유학의 꿈을 키웠던 스물한 살 대학생으로부터 20년.
해외특파원이 되고 싶어, 3년동안 언론고시 고행길을 걸었던 절박한 스물넷 취준생으로부터 17년.
꼰대 공화국의 폭탄 공세에 치를 떨며 돌연 사표 제출, 해외 취업하겠다며 대책 없이 영국 유학길에 오른 철없던 서른 한 살로부터 벌써 10년이 지났다.

돌이켜보면, 내 인생은 '코리아노마드'가 되기 위한 도전과 실패의 과정이었던 것 같다.

혹자는 물을지 모른다. 해외 나가서 공부하고 취직하고 이민 가서 사는 사람이 어디 한둘이냐고. 발에 치일 만큼 많은데, 뭐가 대수냐며.

"나는 오랜 꿈이었던 유학과 해외취업에 성공해, 대단히 행복합니다"라고 자랑하려 이 책을 쓴 게 아니다. 한국을 헬조선이라 싸잡아 비난하며, 해외취업만이 답이라는 메시지를 전하려는 것도 아니다.

그저 나는 나를 더 잘 알고 싶어 글을 쓰기 시작했다.
나는 어려서부터 호시탐탐 한국을 뜨고 싶었다. 중학생 때부터 원인도 모른체 가보지도 못한 해외를 떠돌고 싶었다.

나는 그런 내가 왜 그랬는지 궁금했다. 막연하게 사주팔자에 '역마살'이 있어서라고 설명하기엔 부족한 다른 이유가 있을 것 같았다. 그래서 경험담과 생각들을 담아 글을 한편씩 쓰기 시작한 게 이렇게 많이 모였다.

이 책을 쓰면서, 한국인이었지만 한국에 사는 내내 이방인 같았던 나 자신에 대해 더 깊이 이해하게 되었다.

단순히 '노동력은 임금의 비교우위에 따라 움직인다'는 경제학 가설만으로 설명되지 않는 다양한 이유로 외국살이를 하고 있는 나같은 수많은 '코리아노마드(KOREANOMAD)'들이 존재한다는 사실도 함께 발견했다.

'흙수저 출신에도 불구하고, 늦은 나이에도 불구하고, 영어 초짜임에도 불구하고, 지잡대를 나왔음에도 불구하고....해외에 나와서 번듯하게 성공하고 잘 먹고 잘 살았다'류의 책들은 기존에도 많았다. 하지만 왜 코리안들이 디아스포라가 되어 전

세계를 떠돌고 있는 지에 관한 책은 내가 아는 바로는 없었다.

그래서 이 책은 일단 그 궁금증을 해소하고 나 자신을 더 사랑하게 된 나에게 바친다. 그리고, 자신들도 모른채 해외를 떠돌고 있었을 나와 닮은 수많은 '코리아노마드'들에게 바친다.

앞으로는 그런 나를 떠나보낸 한국과 그런 나를 받아준 외국, 그런 나와 비슷한 삶을 살고 있는 수많은 코리아노마드들에 관한 이야기를 써 보려 한다.